最后一公里

阿布洛哈村的梦

林强／著

四川大学出版社
SICHUAN UNIVERSITY PRESS

项目策划：王　军　段悟吾
责任编辑：段悟吾　宋彦博
责任校对：庄　溢
封面设计：书香力扬
责任印制：王　炜

图书在版编目（CIP）数据

最后一公里 ： 阿布洛哈村的梦 / 四川省铁路产业投资集团有限责任公司，四川路桥建设集团股份有限公司，四川公路桥梁建设集团有限公司组织编写 ； 林强著． — 成都 ： 四川大学出版社，2021.4

ISBN 978-7-5690-1843-1

Ⅰ．①最… Ⅱ．①四… ②四… ③四… ④林… Ⅲ．①纪实文学－中国－当代 Ⅳ．①I25

中国版本图书馆CIP数据核字（2021）第063928号

书名　最后一公里——阿布洛哈村的梦
ZUIHOU YI GONGLI——ABULUOHA CUN DE MENG

组织编写	四川省铁路产业投资集团有限责任公司 四川路桥建设集团股份有限公司 四川公路桥梁建设集团有限公司
著　　者	林　强
出　　版	四川大学出版社
地　　址	成都市一环路南一段24号（610065）
发　　行	四川大学出版社
书　　号	ISBN 978-7-5690-1843-1
印前制作	成都力扬文化传播有限公司
印　　刷	四川盛图彩色印刷有限公司
成品尺寸	170mm×240mm
印　　张	14.125
字　　数	148千字
版　　次	2021年4月第1版
印　　次	2021年4月第1次印刷
定　　价	88.00元

◆ 读者邮购本书，请与本社发行科联系。
电话：(028)85408408/(028)85401670/
(028)86408023　邮政编码：610065
◆ 本社图书如有印装质量问题，请寄回出版社调换。
◆ 网址：http://press.scu.edu.cn

四川大学出版社
微信公众号

目　录 CONTENTS

［第五篇］ 新时代

引 子

2020 年 11 月，在四川大凉山，彝族同胞马上就要迎来他们一年中最隆重的节日——彝族年。这里的家家户户都在忙着杀猪宰羊、走亲访友，连空气中都弥漫着节日的欢乐气息。就在这几天，我的手机也响个不停，电话一个接着一个，全都是阿布洛哈村的村民打来的。他们都通过语音、视频向我这个“外来的村里人”诉说他们的喜悦。听着这些熟悉的声音，看着这些熟悉的面孔，我的思绪渐渐被拉回到 17 年前。

“阿布洛哈”，在彝语中的意思是“高山中的深谷”“人迹罕至的地方”。2003 年，在一次摄影采风中，我第一次知道了这个三面环山、一面临江的村子。当时，当地人都管这个村叫“麻风村”。由于去往这个村的道路十分危险，稍不留神就会摔得粉身碎骨，不熟悉路的外地人根本不敢走，所以直到2005年，我才第一次走进了这个村子，成了第一个来到这里的外地人。我了解到，由于恶劣的自然环境与生活条件，这里的村民几乎过着与世隔绝的生活。尽管当地政府每年都会给予救助，但村里的物资仍极为匮乏。

当时，我是四川省教育厅体卫艺处处长，作为一名党和人民培养的干部，我深知自己肩负着国家的重托。良知和责任驱使我下定决心，要为他们做些事情。我首先想到要帮这个村建一所学校。在县政府的大力支持下，学校很快落成了，村里的32名孩子有学上了。这之后，我又陆续帮村里做了扩路、发电、寻找支教老师等事情。在我看来，这些都是一名共产党员、国家干部应该做的事情，但村民们却因此给了我无尽的爱和回报。

一个人的力量是有限的。我只是一名先驱者、实践者，因为在做这些事情的过程中，我曾得到过许多亲友的支持和帮助，他们同样都有一颗善良的心。阿布洛哈村近20年的巨变，其实是党和国家领导的这场脱贫攻坚战的一个缩影。在党中央、国务院的周密部署下，各级党委、政府立下军令状，凝心聚力，狠抓落实，坚决要啃下阿布洛哈村这块属于“三区三州”深度贫困地区的“硬骨头”。近些年来，各级党委、政府为了将阿布洛哈村带上脱贫致富“快车道”，投入了许多精力，社会各界爱心企业、热心人士，也纷纷伸出援手。通水、通电、通网络……每一天，这里都在发生变化。

通路，是阿布洛哈村脱贫致富的关键。2019 年，脱贫攻坚进入决战决胜阶段，以四川路桥盛通公司筑路人为代表的四川交通人，在这场决战中勇当先锋，发扬逢山开路、遇水架桥的不屈精神，克服重重困难，成功打通了通往阿布洛哈村的最后一公里。阿布洛哈村也因此成为全国最后一个通公路的建制村。其中的艰辛，若非亲身经历者是很难体会的。

2019 年 6 月 25 日，阿布洛哈村通村公路开工。

2019 年 12 月 31 日，阿布洛哈村通村硬化路建成，标志着四川省实现了所有乡镇和建制村通硬化路。从此，村民们再也不会为买一支牙膏、一块肥皂而走 6 个小时的悬崖路了。

2020 年 6 月 30 日，阿布洛哈村开通四川乡村客运“金通工程”班车，标志着四川省全面完成交通脱贫“两通”目标。从这天起，村里的 6 名初中生上学时再也不用经历爬山、转车的艰险，原来要花上大半天才能走完的路程，现在只要不到 2 小时。

同样是在 2020 年 6 月 30 日，34 套安居房落成。这些漂亮的小楼坐落在峡谷的半山间，面向西溪河与金沙江，在阳光下美得像画一样。而那些用石头垒起的阴暗潮湿的草房子，永远成为历史。

电话那头，村民吉尔牛日发来一张照片，照片中的他双手高举着手机，正在与一架巨大的直升机合影。这张照片是另一位村民用手机

吉尔牛日要把这张照片放大，挂在客厅的墙中央

抓拍到的，虽然画质不算很理想，但吉尔牛日很满意。他请我帮忙把这张照片放大，因为他计划把它挂在新房客厅的墙中央。他还兴奋地对我说，飞机来的那天，全村人都来看了，他自己更是离飞机只有 20 米。当第一台挖掘机从飞机的“肚子”里开出来的时候，全村人都傻眼了。后来几天，飞机每天都来，还运来了许多机器和材料。再后来，公路就修进了村……

我明白吉尔牛日为什么会如此喜欢这张照片，因为要是没有照片中的这架飞机，就不会有这条通进村里的公路。而这条公路，是全村三代人做了 57 年的一个梦。

在阿布洛哈村，一切都在改变。对村民们来说，这里的变化是那么快、那么大，真的像是做梦一样。我，作为第一个走进阿布洛哈村的外地人，有幸见证了这里所发生的一切，也有幸参与了这场波澜壮阔的脱贫攻坚战。现在，我将这些点点滴滴结集成册，希望让更多的人了解阿布洛哈，了解四川交通脱贫，了解 21 世纪头 20 年发生在中国的这场伟大奇迹！

阿布洛哈村的新房

CHAPTER 01

第一篇

惊险的进村路

01 峡谷里有个村子

2002 年 12 月 12 日，国务院办公厅下发了关于 2003 年部分节假日休息安排的通知。那年的农历大年初一至初七都是国家法定休息日，这对我来说是一次难得的外出摄影采风的机会。我同几位摄影家提前做好了准备，决定过了大年三十，初一就出发去凉山州。

记得那年大年初一是 2 月 1 日，我五点就起床准备行李，六点准时出发。汽车翻过泥巴山，中午到达了石棉。我们吃过午饭，又开始翻拖乌山。那时候西昌到成都的高速公路还在测绘之中，一路上都能见到规划出来的路基。因为是大年初一，一路上车很少。尽管如此，三人换着开，到达凉山州布拖县已是晚上九点。好在县里宣传部的一位同志给县城的一个餐馆打了招呼，给我们留了菜和饭，要不然那天我们真的就要吃干粮了。

凉山彝族不过春节，他们过彝族年。晚上八点，布拖县城就静悄悄的。宣传部的同志见我们只用一天时间就从成都赶到布拖，很惊讶，他说：“我们到成都，汽车都要走两天，最快也得一天半。今天是大年初一，是你们的节日，你们还专门赶到彝区为我们宣传，让我们很感动。我们明天先带你们去乌依乡，然后带你们去西溪河，还有衣某等地区，这些地方都很原生态。”

第二天一大早，宣传部的同志买了干粮和水，带我们去了乌依乡。乌依乡是布拖县海拔最高的一个乡，处在海拔2700米的山上。1984年在乌依乡发现了铅锌矿，因为有了这个矿，才修建了这条简易的公路。我们从布拖出发后，走了三个小时颠簸崎岖的碎石山路，到达了乌依乡。

乌依乡不是我们想象的那种乡镇，山上只有两个小院，一个小院是乡政府，一个小院是中心校。中心校只有两排平房，一个篮球场大的坝子，坝子紧靠着教室，教室前竖着一根生锈的铁杆，杆顶飘着一面国旗。乡政府的门紧闭着，宣传部的同志叫了半天才开门——里面只有两个人，他们正一边烤火，一边等我们。如果不是宣传部的同志昨晚给他们打了电话，今天是见不到人的。我仔细打量了这个乡镇，它没有街道，唯一的一个小卖部都紧闭着门，可能是春节期间没有人光顾的原因。我这时才明白，宣传部的同志为什么要为我们今天的采风准备水和干粮。

乡政府的周边聚集了三个比较大的彝族寨子，我们决定各自带着干粮，分别进入这几个寨子。宣传部的同志知道我是省上来的处长，便同我走在一起——他会说彝语，有他在，我们跟当地人交流能方便些。我一边拍照，一边通过宣传部的同志了解当地的情况。寨子里的房子都是

乌依乡背着柴火的妇女

土坯房，其中不少房顶是用木板搭成的。因为山上风大，所以木板上面还压着许多石头。这种方法是他们祖辈传下来的，至今还在用。这种房子，再配上周边荒凉的环境，让人好像进入了另一个世界。

我一个劲地按快门，时间过得很快，我们不知不觉沿着一条小路走到了悬崖边。我望着落差约两千米的峡谷，看着薄云在峡谷中徜徉，好似站在了天上。这个时候，宣传部的同志告诉我，下面有一个麻风病康复村。

那天天气很好，空气的能见度很高，山下的石头草房子也若隐若现。我向宣传部的同志打听下面的情况，他说不知道，还说"我们彝族最怕这个病，这个病比艾滋病还可怕，就算下面有金子，我们也不会去的"。我说："这个病不是能治了吗？2000年我在海螺沟景区边的磨西镇上，去过当地的康乐村，也见过不少麻风病治愈者。他们除了肢体留下一些残疾外，其他都很正常，几乎没有什么传染性，有的人还活到了八十多岁。"我当时心里想，这位宣传部的同志有文化，还是一位国家干部，怎么会有这样的想法。但我看他对我那么热情，一直为我们引路和服务，所以也不好反驳他。

在拍照片的过程中，我见人就打听康复村的情况，路人都说没去过这个村。有一位中年人告诉我："我们只会在山上看这个村，绝不会下去。康复村的第二代人上山来买点油盐，我们见到了，也会绕道走。他们走过的路，那两天我们都不会去走，一直要等下过雨后，我们才会去走。"后来我还听说，有一次一位老人不知道情况，走过康复村村民上山的那条路，第二天就生病了。这件事一直在这几个寨子里流传，所以

2003 年通往乌依乡的路

当地人都怕得很。他们说得那样绘声绘色，我听了感觉很真实，但又总觉得有点不讲科学，心里很不是滋味。

傍晚，我们回到了布拖县城。后来几天，我们又去了西溪河和衣某区，以及布拖县城周边的木尔乡。当我们按计划要返回成都的时候，我突然决定留下，便告诉同行的朋友，自己在布拖县还有一些教育上的事要做。告别朋友后，当天我又搭汽车回到了乌依乡，想试着从悬崖边走下去。我找了四五家人，还出了高价，想请他们给我带路，他们都谢绝了我。我在悬崖边坐了一小时，望着那山间峡谷出神。突然手机响了，是单位来的电话，因为当天是新年后上班的第一天，我知道我应该马上回去了。离开乌依乡之前，我用相机拍下了悬崖边的那排废弃的房屋。听当地人说，那就是 20 世纪 60 年代县政府专门为下面的麻风病人修建的皮肤防治站（简称“皮防站”），如今只剩下破碎的砖墙和长满野草的屋基。一小时后，我搭一辆货车到了布拖县城，第二天从西昌乘飞机回到了成都。

废弃的皮防站

02

与死神并肩

自从那次摄影采风时站在乌依乡的山上望见峡谷里的那个村子后，不知为什么，我总想找机会去那个村，去看看那里的人，去了解他们的生活环境。但当时的工作性质不太允许，再加上有很多事情要做，我虽有去的想法，却很难成行。

2004 年 5 月，我正好在西昌开会。会议一结束，我当天就往布拖县走，下午就到了乌依乡，在乌依乡住了一夜。这次到西昌开会的人都觉得我很奇怪：带了两个大包，还背了一个摄影脚架。我告诉他们，会议完后，我要去周边搞调研。有位同志不明白，说搞调研怎么还带睡袋。我只能给他解释，我喜欢摄影，带上它有备无患。

5 月的成都，人们已经开始穿单衣了，不少女孩都换上了裙装，但在乌依乡还必须穿毛衣。那天我独自睡在乡里的接待房里，因为停电，没有热水，脚冰凉，一直睡到半夜，才暖和了一点。

第二天，我托乡里的干部帮我找一位老乡，带我下康复村，乡干部说可能找不到。我说："谁带我下去，我就付他八百元钱。"那位乡干部为我下康复村到处奔走，他与老乡们交流时说的是我听不懂的彝语，但我从他们对话时的眼神中知道，没有人愿意给我带路。后来我从他们那里知道，老乡们说这个"长头发"一定是疯子，一年前就来过，要去那个"魔鬼村"。

就算找不到带路的人，我也不愿放弃，因为为这次行动我已足足准备了一年时间。乡干部告诉我："有两个多月都没有下雨了，下坡时，有许多小石头，还要经过流沙坡，路很滑。"他还告诉我，前一段时间有一头牛误入那条路，因为路窄，转不过身，只有一直往下走，小石头又滑，牛不小心就跌下了悬崖。我知道他讲这番话是想告诉我山路很危险，劝我不要下去。但我一再坚持，他只好说："你下去一定要注意安全，靠山边走，走不下去就回来。"

通往阿布洛哈村坡度近 60 度的山间小路

我告别了乡干部，背上两个大包，扛着一个脚架，开始往下走。从乌依乡政府到悬崖边，走了一个小时左右。那段路还好走，也不险。由于我的负重大约有十五公斤，汗水早就把我的内衣打湿了，还浸透了皮带。为了给下山储备体力，我在悬崖边休息了十来分钟，喝了一点水，吃了一些火腿肠，然后就鼓足勇气开始走悬崖路。

一开始那段路就让人心惊胆战，不到一米宽的路，坡度跟一般的楼梯差不多，但没有梯步。我的脚踏在小石头和干的流沙上，很滑，只有努力用脚趾来抓地。好几处弯道的宽度只够站一只脚，崖壁下面就是万丈深渊，眼睛根本不敢往下看。如果是恐高的人，当场就会吓趴下。好在我出发前专门为走这条路准备了一双新的登山鞋，鞋底有较深的齿纹，很防滑。我还专门借来了军用小铁铲，以便下山时清理一些障碍。

在下山的时候必须全神贯注，稍不注意就会滑倒。为了安全，我决定把背着的两个大包分成两次扛。但这样做，我要多付出不止一倍的体力——当我把第一包行李扛下去后，又要爬坡回来扛第二包行李。就这样来回几次，我的体力已几近耗尽。就在我往下缓缓挪行的过程中，突然，我踩在了几个豌豆一样圆的小石头上，重重摔倒在地。霎时间，我大叫一声，意识到自己完了。好在我当过运动员，练过撑竿跳、跨栏，所以在摔倒的时候反应够快，及时抓住了山边的一根树枝。正是那根树枝救了我一命，让我幸免于掉下悬崖，只是那把小铁铲滚下去了。

我的外裤被石头磨破了，左侧大腿也蹭出几道血痕。我在地上足足坐了几分钟，方才缓过神来。我估算了一下下山的路，时间用去了两个小时，但我只走了十分之一的路程。望着悬崖边的路，我知道自己一个人是走不下去的。于是我把包里的相机拿出来，站在山上不停地按快门，直到把相机里的胶卷拍完，以这种方式来发泄心中的郁闷。

我开始往回走，因为是上坡，便没有下山时那样可怕。当天回到布拖县城后，躺在宾馆的床上，只要一翻身，肌肉和伤口就痛得我哇哇直叫。好不容易睡着了，半夜里却梦见自己从悬崖上掉了下去，一直落不到底……惊醒过来时，头上全是汗，我这才意识到，这次的冒进真是与死神并肩。

2004 年 5 月在半山间拍下的阿布洛哈村的第一张照片

03 初入“神秘村”

阿什俄日与我同岁，都是1953年出生的。他的家就在布拖县乌依乡，靠康复村很近。2005年4月，我找到了他，才终于下到了康复村。

从20世纪90年代起，阿什俄日就是县里的兼职民政助理员，负责联络康复村。他每年都会下到康复村两次，主要任务是看康复村是否遭灾。如果下面吃不上饭，他就会去县民政局报告，县里就会运一些粮食到山顶，然后他再通知康复村的村民上来搬。

我们第一次见面是在乌依乡靠右边的那个寨子里，他的汉语说得很流利，我和他交流起来没什么障碍。他把我带到了家里，请我喝茶。我请他带我下康复村，并告诉他我为下这个村已经准备了两年。他打量了我一会儿，说：“原来那些老乡说的有一个省城的‘长头发’来了几次，想下那个村，就是你啊。”我望着他，露出了傻笑。

第一次见到阿什俄日时的留影

他看见我那些大包小包的行李，说：“你带这么多东西，是下不去的。我每次下去，打空手都要走五个小时。那下面又没有什么可以看的，睡觉的地方都没有，你们城里人习惯的厕所也没有，你还是回去吧。”

“这次再下不去，我就不回成都了。”我说，“因为你下去过，只有你能帮我。”

我向他承诺：“只要带我下去，下次来，我会送你一台彩色电视机！”可能是因为这台彩色电视机的诱惑实在不小，他答应了我的请求，并叫上他的一个亲戚帮我扛行李。

那位亲戚说：“行李我能扛，但只能扛到半山间。”

阿什俄日说：“只用扛到半山间，进村后，我会请村里的第二代年轻人上来取。”

“那些摄影器材可都是我的宝贝。”我急忙说。

阿什俄日不紧不慢地回道：“那里都是荒山，就是放一坨金子，都没有人去拿。”

就这样，我和阿什俄日背着一个小包下山了。一路上我们都走得很小心，不过就是这样小心地走，我还是摔了三跤，阿什俄日也摔了一次。

阿什俄日告诉我，这次下来是摔得最少的一次，因为跟我走，速度很慢。

这条路确实很难走，可以说是我这一辈子走得最险最难的路。有好几处，最宽的地方都只有五十厘米。尤其是走那种流沙坡，真的很考验技巧，走快一点，怕随惯性冲下悬崖，走慢一点，就要用力控制两个膝关节，脚趾也要抓紧地面。我后来膝关节半月板受损，下坡时无法承力，多半是走这条路留下的后遗症。

走了四个多小时后，我的大脚趾因为长时间的下坡而被挤压出了淤血。我实在忍受不了那种疼痛，只好在新买的旅游鞋上剪了一个小洞，让大脚趾不再受鞋头挤压，就这样凑合着进了村。

艰险的进村路

因为阿什俄日提前通知了村里，所以村主任吉力史尔一早就在村前等候了。村主任是一名治愈了的四肢健全的麻风病人，和正常人几乎没有区别。在村主任的带领下，村里也集中了不少村民，他们用一种又渴望又稀奇的眼神望着我，并用他们那残缺的手拍打出声音来欢迎我。那种声音，是我听过的最动人的声音。

我看见周围的房屋全是石头垒起来的，上面盖着草——这里差不多保持着中国最原始的自然生态和人文景观。

这个村建于 1963 年，当时麻风病已经能够医治了，政府为了外面更多人的健康，在布拖县选了这个三面环山、一面临江的无人区，对这批人进行隔离治疗。当时为病人们建房的人，基本都是乌依乡的村民。我现在看见的这些石头草房子，还保持着四十多年前的模样。

阿什俄日告诉我，这个村最多的时候有三百多人，政府在山顶上专门为这批人建了两间平房用于治病，就是我在 2003 年看到的皮防站。当时是一位前国民党军医负责对山下病人的治疗。那位医生会经常下到山里，住在山洞中，给这些病人治病。麻风病人被治好后，皮防站会出具治愈的证明，如果家里和村里的人都能接纳他，他就能回到家乡。渐渐地，这个村的人变少了。

如果外面的人不能接纳他们，他们将永远生活在这里。如今这批村民在这里已经有第二代、第三代了。

我向阿什俄日打听那位医生的情况，他告诉我，在“文化大革命”中，那位医生被带走了，与村民失去了联系。后来村里人设法托人打听他的消息，最后才知道，1998 年他死在了老家。我问医生叫什么名字，阿什俄日说他也不知道他的全名，只知道村民都叫他项医生。

阿什俄日还告诉我一件奇怪的事情，正是在那件事情之后，康复村就开始养猫了。这些猫都是他从县里买来的。那是 1991 年的一天早上，村里有三位麻风病人醒来时，发现自己的几只脚趾头和手指头不见了。大家都非常奇怪，怎么会在睡觉的时候，脚趾和手指不见了？有人说是

2007 年我送给阿什俄日一台相机，从此他就相机不离身，这是他在给孩子们拍照的场景

遇见鬼了；有人说是这几个人做了坏事，老天爷给的报应。一时间，村里谣言四起，众说纷纭。

半个月后，村民把失去脚趾和手指的人背到了山上的皮防站检查，医生最终得出一个结论，原来是老鼠在夜深人静的时候跑进屋，咬掉了那些病人的脚趾和手指。病人因为末梢神经受损，感觉不到疼痛，所以在夜里并没有惊醒，而是继续睡觉，直到第二天早上醒来时才发现脚趾、手指没有了。后来村里人知道是老鼠作怪，便开始养猫。

当时听阿什俄日讲起这件离奇的事情时，我是不太相信的，以为他夸大了事实，而且也有很大的疑问：为什么病人睡觉时被老鼠咬了脚趾和手指而没有一点感觉？

带着这个问题，我后来不仅查阅了许多有关麻风病的资料，也走访了那些失去手指、脚趾的病人，这才了解到，麻风病是由麻风杆菌引起的慢性接触性传染病，病菌主要侵犯人的皮肤和神经。我也曾看过许多麻风病人的伤口，溃烂处都十分可怕，于是关心他们的伤口痛不痛，这些麻风病人却告诉我，他们不觉得疼痛，几乎没有感觉。有好几次，我亲眼见到几位麻风病人把手伸进八十多度的热水里面，却丝毫没感觉到烫手。我才明白，阿什俄日讲的那些事都是真的，麻风病人的肢体末端没有知觉，在老鼠多的时候，被啃去手指、脚趾而不觉得痛，也是常有的事。

04 油灯

2007 年，阿布洛哈村开始有电了，但因为是村里自己发的电，电压不稳，灯泡的钨丝经常都是红色的；碰到刮风下雨、闪电打雷，甚至是无缘无故，都可能停电。因此，2010 年以前，当地人主要的照明工具仍然是煤油灯，所以煤油就显得很金贵。为了节省煤油，村民们经常只把灯芯挑出很短一点，如果需要火苗更大，光更亮，就得把灯芯挑长。

现在的孩子可能已经不认识煤油灯了，但在我们这一代人心目中它就是光明的象征，是我们生活中的必需品，也承载着最宝贵的记忆。我小的时候，家里也有一盏煤油灯。晚上吃完饭，哥哥姐姐们就在油灯下做作业。那时候，我读小学，基本上没有作业，就在油灯下画画。就在那时候，我对图画有了兴趣，后来才开始学习摄影。

说起来也奇怪，那时候我们都用煤油灯，不怎么亮，我和哥哥姐姐们却都不是近视眼。

阿布洛哈村的村民也没有近视眼，视力都很好，老远就能看到我。

2005 年 4 月，我下到村里之后，惊奇地发现这里仍然实行人民公社制度，一个壮劳动力一天有 10 个工分的收入，折合人民币为 4 角 5 分钱。这个村一共有 4 个生产组，为了深入了解这里的情况，我打算挨家挨户地去走访，所以当时我计划在村里待 4 天。

我是下午到达村里的，村主任把我安排在村里最好的一间房子里过夜。走进房间，我一眼就看出来，这是村里的保管仓库，是村里唯一的一间瓦房。保管仓库里楼上楼下堆放着上千斤玉米棒子，这是村里的全部财产，是全村人一年的口粮。在楼上，村主任给我找了一块竹编的门板，铺在玉米棒子上，就成了我的床。天渐渐黑了，村主任便回家去了。保管仓库里几乎没有窗，只有一个 40 厘米见方的木洞，晚上可以透进月光。天黑以后，我打开手电筒，发现它不亮，原来是白天在进村路上不慎摔跤的时候触到开关，把电给放完了。我赶紧换上了唯一一对备用电池，照了一照四周的环境，没发现什么异常，便脱下衣裤钻进睡袋，安心地躺在玉米堆上睡觉。那天，天很黑，没有月亮，半夜我被一阵又一阵窸窸窣窣并夹杂着吱吱声的声音惊醒。我吓了一跳，打开手电筒仔细一看，赫然发现一群老鼠在乱窜。不知道是因为我这个新人让它们有了新鲜感，要为我办接风洗尘宴，还是因为我抢了它们的地盘，要向我示威，总之这一宿它们就不停地在我头上忙忙碌碌，吱吱唧唧，吵得我无法入睡。说实话，一个人在偌大的仓库里，周围乌漆墨黑，还有一阵阵吱吱声，我心里还真有点恐慌。我打开手

2005 年村里还实行人民公社制度，一个壮劳动力一天有 10 个工分的收入，折合人民币为 4 角 5 分钱

20 世纪 60 年代进村的麻风病康复者

电筒，想让光亮给我一点安全感。还别说，有了光，老鼠们都安静了。毕竟累了一天了，我很快又迷迷糊糊地睡着了。第二天早上，村主任问我休息好了吗。我说：“你给我的这间房，是个独栋别墅，玉米堆就像按摩床。唯一美中不足的是老鼠们太热情了，我有点招架不住。幸好昨天晚上还有手电筒，今天晚上就难办了，因为手电筒没电了，不知道老鼠们今天晚上打算玩什么。”村主任忙说：“对不起，对不起，我们这里只有这样的条件。”

其实，早在昨天进村时看到满眼的破草屋、土坯房，还有村民黝黑皴裂的脸，我就知道村主任已经尽力了。所以我笑了笑，继续按照计划在村里走访，开始一天的田野调查。此次走访，主要是为了了解全村有多少适龄儿童没有条件上学。我还想，如果需要的话，我就在这里办一所学校。吃完晚饭，我正在琢磨晚上该怎么办的时候，四个生产组都陆续派人给我送来了油灯。这些油灯整齐地摆放在我的门前。我印象最深的是一个叫且沙莫次力的小女孩，当时她还没有满 12 岁。她是康复村的第三代，是她的爷爷叫她送来了他们家最好的油灯。看着保管仓库案板上 7 盏各式各样的油灯，我很感动，久久不能入睡。我知道油灯在当地很珍贵，他们平时自己也不舍得用，只有碰到喜事或欢迎尊贵的客人时才点燃。对于一个交通闭塞、四面被大山包围的山村来说，村民要换点煤油需要翻山越岭、攀岩走壁到镇上。那天晚上，我只点了小女孩家的一盏灯，算是领了村民们的心意。

躺在玉米堆上，望着跳动的灯火，16 年前的一幕突然浮现在我的

2005 年村民送给我的油灯

眼前。1989 年 5 月，我在甘孜县的一个寺庙里，平生第一次看见成千上万盏同时点亮的酥油灯。香案上、地上，一盏挨着一盏，一盏望着一盏，整整齐齐地排列着，连人立足的地方都没有。晚上，千万盏酥油灯同时点亮，照耀着整个经堂，亮如白昼，显得庄重而静穆。酥油灯又称长明灯，喻佛性长明，智慧光明，愿求无上圆满智慧，作世间灯，普明一切。藏族人民通常会在亲人去世的时候为他们点上一盏酥油灯。他们认为人去世后要从一个世界走向另一个世界，这段路是黑暗的。只有亲人亲手点亮的酥油灯可以为逝者照亮这段路，让他们能够平平安安投胎转世。这是藏族人民表达对亲人的哀思和祈福的方式。通常他们会在自己家里或者寺庙中点燃一盏或几盏酥油灯，如果是万盏齐亮，代表的就是万民共祈福。我当时很好奇，谁有这么大的魅力。

我问在场的一位喇嘛："这么多的酥油灯是为什么人点的呢？"他说是为胡耀邦总书记。听到这里，我们同行的几个人眼睛都湿润了。我们都知道胡耀邦总书记对藏族同胞的关心和重视，这片土地曾经深深地牵动着他的心，这片土地上的人民始终是他的一块心头肉。1935 年，红军长征过草地时，他初识了藏族僧俗群众，当时藏族同胞的一块肉干、一坨糌粑都可能救活一条生命，一饭之恩永记在了这位年轻共产党人的心间。新中国成立以后，在解放西藏的动员大会上，他曾向军队发出这样的号召："那里有三百五十万人民还呻吟在反动封建势力的统治之下，过着非人的生活，迫切要求我们去解救他们。西康有四十九个县、四十五万平方公里土地，它的面积等于三点七个福建省，四个半浙江省，比四川省还大四分之一，是祖国神圣领土的一部分。"正是这"像火一样的讲话，雷霆般的号召”燃烧和激励着每位战士的心。

改革开放以后，他带着对人民疾苦的关心，又一次进入四川甘孜、阿坝等地视察。这次他在大渡河的渡口处写下“飞身可夺天堑，健步定攀高峰”，在甘孜州提出资源要全民共享，在阿坝州建议九寨沟藏民搞旅游，鼓励山民开辟多种致富门路。他对这里的人民始终充满着感激，对这片神圣的土地始终有着难以言表的责任感。这次，他还在塔公草原和当地的僧俗群众手拉手跳锅庄舞。他曾激动地对藏族同胞说，当年若没有你们的帮助，我们红军过不了这块草地。藏族人民对他也是倾情相待，爱护有加。在当地还流传着这样一个故事：当时，这些地区的道路崎岖难行，有些路段甚至泥泞不堪，为了防止他经过这些路段时车陷进泥淖中，当地藏族同胞连夜自发地把家里的藏毯拿出来铺路。1948 年，苏皖地区的人民群众用 88 万辆小推车支援前线，推出了淮海战役的胜利；1985 年，川藏地区的藏族群众用百家藏毯铺路，铺出了“周道如砥”。

眼前那些酥油灯，既是人民对他的报答，也是他对人民的深爱。我看着那些酥油灯，心里在想，这位把一生都献给祖国人民的老人会多欣慰啊，那么多的藏族同胞在为他送行，他通往另一个世界的那段路将会多么光明，他应该是笑着走向人生的彼岸吧。

回忆着酥油灯的故事，看着眼前的煤油灯，我突然觉得自己身上充满了力量。我还没有为他们做什么事情，他们就已经捧着一颗真心回报我。我只有努力地为他们做点什么，才能对得起这份真心，对得起这份感激。经过走访，我了解到村里的第二代基本上都没受过教育，现在第三代已经到了适学年龄，却只能在田间地头玩耍或劳作。作为一名教育工作者，我下定决心要为他们建一所学校，为他们点燃希望的火把，开启跳跃的龙门，铺筑远望的台阶。

帮助别人很多时候不是助人，更是渡己。我对康复村的关注，都得到了爱的回报。这是我一辈子的财富，是无法用金钱衡量的无价之宝。

05

阿聪尔聪的喜与悲

十几年来，我也记不清自己多少次走进康复村。我每次去都要在村里住上几天。每当我同他们接触和交往时，我就会感受到一种召唤，这种召唤来自村民的坚韧、忠厚、真实和对美好的向往。时间长了，他们接受了我，我也与他们许多人成了朋友，阿聪尔聪就是其中一个。

阿聪尔聪 1967 年因患麻风病进入村里，几十年来一直没有结婚，过着独居的生活。虽然他双手变形、身体扭曲、听力减退，但每次我进村，他都会在进村的路边举着那双变形的手欢迎我。他用那不完整的手掌和残缺的手指碰撞出的掌声，震撼着我的心灵，那是我听过的最美的掌声。他告诉我，虽然他只有茅屋一间，自留地一块，但能活到现在，已经很满足了。他舅舅在 1948 年得了麻风病，当时全村人都认为他是“风吹来的魔鬼”，唯恐避之不及。后来全村人凑钱杀了头牛，让他舅舅吃

阿聪尔聪第一次看到自己的照片

了三天。三天后，村里人就用那张牛皮把他舅舅缝了进去，抬进山里给活埋了。

我第一次见阿聪尔聪老人时，在他的房前给他拍了一张照片，这是他有生以来第一次照相。他光着上身，肋骨在扭曲的身体上显得格外突出，同时目光呆滞，表情凝重。当我走进他那还不到八平方米的茅屋时，我全都明白了：家里什么都没有，甚至没有床，四十年来他一直睡在地上，家里还算值钱的是一口用了二十年的锅、一个水桶、一袋玉米、二十斤土豆和一件冬天穿的棉衣。我把自己带的备用衣服送给了他，离开村时还把自己的手电筒也留给他，从那以后就和他交上了朋友。

两个月后，我又来到他家，把放大后的照片给他看，他睁大双眼，长时间望着属于自己但又不熟悉的面孔。村主任告诉我，自从见了我以后，他的精神好多了，现在走山路能扛三四十斤东西。阿聪尔聪告诉我，见了我以后，他常做梦，梦见自己有了新房和儿子。我便向村主任打听盖间十平方米的住房要用多少工、多少钱，并说费用我可以承担。

又过了三个月，当我又一次走进康复村时，我出钱修建的阿聪尔聪老人的新房子已盖好了。他的笑容也渐渐多了起来。我说："房子盖好了，下一步就给你找一个老伴怎么样？"他不好意思，笑得是那样开心："不找了，不找了，我老了。"阿聪尔聪让我进他的新房子，高兴地说："这房子刮风下雨都不怕了，谢谢你。"我看到他把自留地全部种上了烟叶，还养了一头猪，猪长得非常好，又能吃又能睡。我看着他给我介绍新房子时的高兴劲儿，于是在他建好的新房前给他拍下了第三张照片。当我要离开的时候，他好像突然想起了什么似的，从屋里追出来，拿着电筒比画着。我明白他的意思，是电池用完了，或者是灯泡坏了。我记着了，下一次一定把他需要的东西带来。

每次从康复村回到城里，几天后，脑子里还是会反复浮现村里的一幅幅画面，特别是与阿聪尔聪交往的情景历历在目，仿佛就发生在眼前。开始这种现象少一些，时间长了就愈来愈频繁，后来脑子里几乎全是康复村。我试着调整自己的状态，但效果不太好。去看医生，医生叫我多运动，多旅行。我知道这不是解决问题的根本办法，最根本的办法就是再回到他们中间。

2007 年 4 月，我再一次回到了康复村，走在这条由我出资加宽的康复路上，心里是无比兴奋，有一种成就感。我老远就看见村民和学生迎接我的队伍，欢迎声在山间久久回荡。这次他们把迎接我的位置提前了很多，我顾不上腿脚用力的困难，忍着痛加快下山速度。

在人群中，我没有看到阿聪尔聪。到了村里，我问村主任阿聪尔聪为什么没有来。村主任没有回答我，好似没有听见一样。我又追问了一遍，这时旁边一位乡亲告诉我，阿聪尔聪老人死了。我大叫了一声，喊道："阿聪尔聪怎么会死呢？是怎么回事，我们俩说好要见面的啊！"这时我的眼里不由自主涌出泪来。村主任告诉我，二十天前，阿聪尔聪夜里回家，那天正下着小雨，天很黑，他不小心掉下了悬崖，第二天发现时已经死了。我听了这些话心里更加难受：我出发前还特意去商场为阿聪尔聪买了防水电筒，带了许多灯泡和电池，还按他的尺码买了双解放鞋。我一个劲儿地说，我来晚了，如果早点把电筒、灯泡和电池带来，就不至于……村主任看出我的悲伤，安慰我说："阿聪尔聪虽然是孤寡

阿聪尔聪一辈子没结婚，但他最疼爱孩子

老人，但他死后全村人都为他送行，那天真热闹，村里还为他杀了牛。”

第二天，我在村主任和乡亲们的陪同下来到阿聪尔聪的新屋前。我把电筒、电池、灯泡、鞋、照片放在门前，说道：“阿聪尔聪，我来晚了，我把鞋给你带来了，希望你穿上它在另一个世界里走好，这支电筒也会在另一个世界里给你照亮。”阿聪尔聪走了，他留下的是坚韧、忠厚、真实和对美好的向往，他那种面对生活艰辛的从容，面对死亡的超然，永远留在我心里。我也时常感叹，如果不是因为这条悬崖路太难走，阿聪尔聪的悲剧也许就不会发生。

06 牛日的命运

第一次见到牛日时，他三十四岁，身材高大健壮，待人热情诚恳。他的汉语说得极好，与我交流几乎没有任何障碍。认识他好几年了，他一点没有透露过他的过去。直到他九岁的女儿要同我去北京，参加在人民大会堂举行的“林强事迹报告会”，他才在临走的前一天突然找到我，向我讲述了他的过去。

十五年前，牛日染上了毒品，为了吸毒，他当过小偷，打过人，进过拘留所。在那个年代，牛日在布拖县是一个有名的人物，经常往返于云南、西昌、成都之间。毒瘾来了，他就去偷，就去抢，每天买毒品的钱要三四百元，几年下来吸毒用的钱少不了十几万元——这些钱可以给康复村盖好多好多房、买几万斤大米。有一次他的毒瘾犯了，身上又没有钱买毒品，于是坐立不安，心里像猫抓一样。半夜，他难受至极，就去偷老乡的鸡，想用鸡换毒品，没想到在偷鸡的过程中，左小腿被狗咬了一大口，直到现在还留有伤疤。

当然牛日也有“发财”的时候。有一次他在火车上偷了三千元钱，为此他还特意请伙伴们吃饭，结果不到两天就花光了。牛日还常跟他的同伴炫耀，认为自己有本事。现在他回想起这些事，十分后悔，觉得自己太不应该了。他还告诉我，他因偷东西被抓，进了好几次拘留所，最长时在拘留所待了半个月。每次出来时，他都一再向警察保证从此不再偷了，不再打人了，但没过多久，只要毒瘾犯了，一切都忘了，就是亲人的东西也会偷。

当时他二十出头，本应该是一生中身体最强健的时期，但当时一米七八的他体重却只有一百零四斤，全身都没有劲。流浪了三四年的牛日，想改好，想戒掉毒瘾，但要戒掉毒瘾谈何容易，不仅本人要有顽强的毅力和决心，还要有特殊的环境条件。

牛日小时候听父辈说过，布拖县乌依乡山下有一个与世隔绝的康复村。他明知麻风病的可怕，也了解去村里生活有感染麻风病的风险，但在外面的世界要想戒掉毒瘾非常困难，没有办法的他为了戒毒，带着疑问，带着唯一的希望，踏上了通向康复村的崎岖之路。从布拖县城到康复村的路途约七十公里，他走了三天。当时走那条悬崖路时，有好几处他都是爬着过去的，一路上只能找些泉水和野果充饥。当他第一次出现在康复村村主任吉力史尔面前时，村主任十分惊奇，足足看了他好几分钟，不知他是怎么走进村里的。当牛日拖着要死不活的身体向康复村村民讲明来意后，村民们经开会商量决定接纳他，并让他暂住在村主任家里。

起初的半年时间是牛日最难受的时候，有好几次都想跑出去，但是村民们都十分关心他，给他讲了很多麻风病人与病魔做斗争的故事。他为这些麻风病人的坚强所感动，暗暗下决心要戒掉毒瘾。村民们为了让他恢复得更快，还采来了很多山草药，给他煮汤喝。在村民们的精心照顾下，牛日的身体和精神渐渐好起来了。为了报答村民们的关心，牛日每天都坚持参加村里的劳动，从不缺席，并且劳动时很卖力，就是下雪天也能出一身大汗。

牛日在阿布洛哈村生活得很开心

终于，牛日在康复村彻底戒了毒。三年后，他和村主任的女儿结了婚，从此过着平静的生活，现在已经有了三个孩子。他告诉我，如果当时他没有走进康复村，没有得到村民们的收留，早就不知道在哪里死去了。现在他最大的梦想就是他的孩子能学习文化，今后能走出封闭的大山。

牛日不仅彻底戒了毒，还与村主任的女儿结了婚，有了三个孩子

CHAPTER 02

第二篇

我们的孩子上学了

07

背建材的小伙子

在康复村里修建学校，承包商不但要有不赢利的准备，还要克服心里上的畏惧。正常来说，一个工程招标后，就会有许多家公司来投标，还会努力争取中标。但是在康复村修建学校的消息传出来快一个月了，却没有一家公司来报名。我有些担心，于是找到布拖县教育局的寸天国局长商量，建议对修建康复村学校的公司给出一些优惠政策，比如只要哪家公司愿意接下学校的修建工程，教育局及其他学校将来在新建工程时将对这个公司予以优先考虑。在这样的优惠条件下，年轻的杨洪经理接下了修建学校的任务，也承诺建这所学校不赚一分钱。

2005 年 5 月 3 日，学校修建正式开工，杨洪经理精选的一位土建技师、一位木工来到康复村，跟村主任商量怎样完成这项工程。村里为配合建校，选出 30 余名年轻人帮助修建。被选中的这些年轻人听说要建自己的学校，都摩拳擦掌，有使不完的劲。杨洪经理按每个工人每天 15 元钱给他们发放报酬，但是这些报酬不发给个人，而是和村里统一结算。同时，村里对每个参加修建的村民，每天记 10 个工分，另外每人每天补助 2 元钱。

康复村四周都是三四千米的高山，修建学校的材料都必须从外面运进康复村。

我从杨洪经理的账本里看到，修建 350 平方米的教学用房，需用到 50 吨水泥、60 吨粗砂、10 吨细砂、9 吨钢筋、15 立方米木材……修建学校的过程中，最大的困难就是运输建材。汽车只能把建材运到乌依乡，寄放在中心校的院坝里。这之后，康复村的人要负责把这约 130 吨建材运到村里。负责运材料的是村里选出的第二代青年，他们每天要背 50 公斤以上的水泥和砂，有的小伙子甚至要背 100 公斤。从乌依乡到修建学校的地方需要在悬崖路上行走 4 个小时，加上来回时间，一般每人每天只能背一次，但为了赶工期，有时一天也背两次。一些妇女也加入了运建材的行列。他们每天天不亮就出发，回到家里已快到半夜。这些青年都长时间在不到 1 米宽的悬崖路上往返，途经的山路中有几处回头弯的坡度甚至超过 60° 。扛着上百斤的建材在这样的山路上行走，对技巧和耐力都是极大的考验。特别是在下坡的时候，如若控制不好，支撑不够，极可能发生冲下悬崖的意外。每次到康复村，我的双腿和心肺都要经受考验，因此我打心底佩服这群背建材的年轻人。

我走过这段路，深知这段路的艰险。为了给他们运送材料提供方便，我事先买了 30 双解放鞋，托人带到村里。由于不知道他们的鞋码，有

妇女也加入了运建材的行列

不少人穿上后都觉得大了一两码。修建这所学校时正是康复村最热的日子，每天的气温都超过 35℃。小伙子们每天要流大量的汗，他们赤着上身，汗水顺着身体往下流，一直流进了他们的鞋里，双脚在宽大的解放鞋里来回摩擦着，发出吱咕、吱咕的声音。

学校修好后，我来到学校，见到那群负责运建材的小伙子。他们告诉我，这解放鞋又结实又防滑，真管用。我很高兴，他们穿着我送的鞋，每个人都背过数千斤的水泥、砂、钢筋，脚却没有受一点伤。

在他们运建材的过程中肯定有很多精彩的故事，但很遗憾的是，那段时间我由于工作太忙，没能去村里记录下他们那些生动的场面。后来学校开学的时候，我发现他们由于长时间扛运材料，每个人的肩上和背上都磨出了迹印。这些迹印很长、很深，黑色中透出红色，让皮肤看起

为建学校，村民们使用了原始的风箱来制作工具

来比过去厚了许多。我问他们痛不痛。他们说，现在没事了，在运材料的那些日子里，每天肩、背都要被磨破，老伤加新伤，一次次被汗水刺激，被太阳直晒，特别是到了最后几天，几乎所有人的肩、背上都是血迹，有的地方还红肿了。谈起过去的事，他们每个人都显得很轻松，但实际上运这批建材太难了，他们的身体经受了许多痛苦，甚至是冒着生命危险。我明白他们这样做都是为了自己的孩子能够有学上、有书读。就在那一天，有一位60多岁的老人给我看了他保留了30多年的宝贝——一张他治愈后可以出村的证明，尽管纸上的字迹都已经褪色，但那张纸几乎没有褶皱，可以看出这张纸是他的生命。他告诉我，他做梦都没有想到自己的孙子能在村里上学。

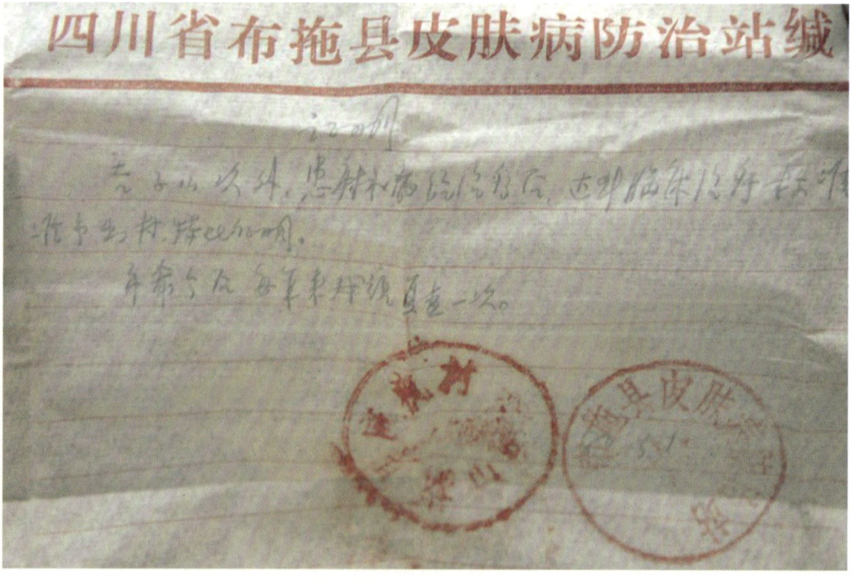
四川省布拖县皮肤病防治站缄

证明

保存了30多年的证明

因为修建学校，那年村里的劳动工分翻了近一番，每个劳动力每天的收入从3角5分提高到了6角8分。过彝族年时，全村每家每户都杀了猪，村里还统一杀了牛和羊，给每个村民都分了牛羊肉。那年，全村人都度过了一个愉快的彝族年。

08

开学第一天

2005 年 9 月 3 日，康复村的小学开学了。早在一周前，村里人就开始杀牛宰羊，欢庆自己的孩子能够读书了。那几天村里人都不出工干活，全村就像过年一样。他们脸上的笑是从心底迸发出来的，说起自己的儿孙能像外面的孩子一样接受教育，就算是走路时都难掩内心的高兴。那几天的晚上，村里的每位母亲都在油灯下给自己的娃缝书包——书包是用自己的旧衣服改制的，没有统一的标准，但都很实用。母亲们都盼着孩子背上书包，迈向学校。

学校是 2005 年 5 月 3 日开工修建的，8 月初就落成了，一共有两间教室、一间学生宿舍、一间教师住房和一个简易的厕所，加上 150 平方米的操场，建筑面积共计 350 平方米。

在修建学校的那段时间，我常与布拖县教育局的寸天国局长联系，我们在电话中交流了许多对学校建设的意见。为了给学校请一位代课老师，我们通了数十次话。当时公办老师基本上不会到村上教书，而教育局规定的布拖县代课老师每月工资对民办教师来说又实在太少，仅有120元，因此，康复村要请一位老师真是难上加难。

我问寸局长："如果出高价请代课老师，一个月大概要花多少钱？"他说："可能在一千元左右。"我说这个钱就由我来负责。我马上从家里的存款中拿出了三万元，汇到了教育局，作为给康复村学校老师的补贴。

就在开学前的十几天，寸局长给我打来了电话，电话中他很激动："老师落实了！是一位刚退休的老教师，叫阿什吉日，今年57岁，曾在乌依乡中心小学教过书。他听说你在下面办了一所学校，愿意在那所学校里任教，每月我们给他600元。"我听到这一好消息，也激动不已，

林川小学的第一任老师阿什吉日正在为学生讲解作业

忙说："太好了！请转达我对他的感谢。问他需要什么，开学时我会给他带去。"寸局长接着问我这所学校取什么名字，我说，就取"宁川小学"吧。

为学校取这个名字，是因为上个月我的一位朋友知道我在为康复村办学校的事到处奔走后，就在一天晚上来到我家，送上了两万元现金，还表示以后要对这所学校给予支持。他的名字就叫陈宁川。这是第一位向康复村捐款的朋友，让我很感动，我也不知道怎么感激他，就打算把这所学校取名为"宁川小学"。

后来我发现校门上写的是"林川小学"。我想，多半是我在电话里说得不清楚，也可能是他们希望这里以后有树、有森林。我突然觉得这个名字很好。

开学前一天，我来到布拖县城，见到寸局长。他因痛风不能陪我下去，但安排了教育局的一位工作人员与我同行。他还提前买了许多红绸布，托人带进了村。他说："这个村办学校不容易，一定要举办一个剪彩仪式。"他还强调一定要我亲自剪彩。我说，好，我一定多拍些照片。

9 月 3 日，我们早上七点出发，到达村里时已经是下午一点。全村人都在学校外的玉米地里等待着。玉米地中间有一条两米宽的土路，夹道站满了准备上学的孩子们。孩子们都挥舞着红绸带，叫喊着"欢迎！欢迎！"，跟我四个月前进村时所看到的完全是两种面貌。玉米地里绿油油的玉米秆，孩子们手里红艳艳的彩带，以及他们的笑脸，构成了一幅美丽的图画。

孩子们手里挥舞的，正是教育局昨天托人带下来的红绸布。村里人

孩子们背着父母自制的书包上学了

都不知道什么叫“剪彩”，他们以为把红绸布剪成一条条的带子，发给每一个学生，就叫“剪彩”，所以今天所有要上学的学生，都在挥舞着红布条。看着这些天真的孩子，我觉得这才是真正的“剪彩”！

学校开学了，一共有 32 名学生。年龄最大的叫吉觉大地，16 岁，几乎与我同样高；最小的只有 6 岁，最喜爱唱歌。他们同坐在一间教室里读一年级。开学第一天，我们按照城市里学校的规定，举行了升旗仪式。国旗是从成都专门带去的。没有旗杆，我便请村民砍了一根竹竿替

特别的升旗仪式

代。16 岁的班长吉觉大地站在学校围墙外，在孩子们的国歌声中，用双手将竹竿缓缓地直立起来，这便是康复村升起的第一面国旗。我站在其中，唱着国歌，眼睛也不自觉地湿润了。

有位村里的第二代青年阿达达各，那一年他 25 岁，从来没有出过村，也没有上过一天学。升旗仪式后，他悄悄地问我："刚才你们升的是什么旗？唱的是什么歌？"我说，升的是我们的国旗，唱的是我们的国歌。他望着我，似乎明白了什么，脸上露出了少见的骄傲，因为他的大女儿阿达么友杂也在今天入学了，刚才也参加了升旗仪式。

举行了简单的开学仪式后，我向学生介绍了“林川小学”的首任老师阿什老师，并希望孩子们听老师的教导，努力学习，相互帮助，特别是年龄大的同学要帮助年龄小的同学。我说：“你们这个班的年龄差距很大，但你们都是从零开始，一定要共同进步！”

接下来，我给他们上了开学后的第一堂课，讲的就是国旗。我向学生们讲，国旗上的五颗五角星，最大的一颗代表着中国共产党，四颗小的代表着各个阶级、各族人民，大五角星带领着小五角星前进，小五角星紧紧地跟着大五角星……学生们都听得很认真，窗外还站着许多村民，他们从来没有听过这样的声音，更没听过这样的讲话。

开学第二天，我给每位学生都照了一张照片，并注明了他们的年龄和姓名。后来，我将照片洗印了两份，一份留给了学校，另一份由我保存。学校的那份因为多年来老师时有更换，现在已经找不到了，我的那份一直都保存着。2018 年彝族年前，我带着这套照片回村，再看照片中的那些学生，他们变化真大，有的读了大学，有的当了兵，有的长期在外面打工挣钱，有的当上了村支书，有的已是五个孩子的父亲。他们看着十几年前的照片，笑着、哭着……这就是变迁，这就是人生。

开学典礼

川小学开学典礼

09 土法上马的体育场

2005 年 9 月，康复村的林川小学开学了，按照国家办学要求必须上体育课，但学校没有体育场，也没有体育器材，怎么办？我是搞体育出身的，过去当过运动员，后来又做过省教育厅的体卫艺处处长，对体育有一种特殊的感情，知道体育教育对人的影响。

开学后的第三天，我就给村主任提出，想在学校旁边建一个体育场。学校旁边是一块玉米地，玉米棒刚被掰掉，剩下的是一些干枯的玉米秆。这块地虽然不大，但很平整，我在开学的那一天就看好了它。在这里用地不像城市里那样需要复杂的报批手续，只要村主任同意，第二天就可以开工。半天时间，大家就把操场平整出来了。操场上没有任何体育设施，我和阿什老师就到山上转了一天，砍回些树棒，搭建了单杠、跷跷板、秋千等供玩耍的设施。学生上课时用的爬杆和拔河用的绳，都是用

土法上马的体育场

藤蔓来代替的。为了找这些藤蔓，我和阿什老师几乎找遍了康复村的所有树。

体育场建好了，学生都喜欢在这个土法上马的体育场里活动，他们围着操场跑步、做广播体操、上体育课，笑声回荡在大山间。在这里，他们尽情地享受着体育带给他们的快乐。

两个月后，当我再次出现在这个体育场时，几乎所有学生都可以在那个木质单杠上做引体向上。一位女学生阿达么友杂一口气拉了 12 个引体向上，她那年刚 7 岁。我发现这里的不少孩子都有运动天赋，便给他们制定了训练计划，临走时还留下了三千块钱，叫老师给他们增补一点营养。

因为那块体育场的位置是村里最好的，2007 年扩建学校和建卫生院时，便把这块地占用了。谁也没想到，我们亲手建起来的这块体育场只用了不到两年，好在我记录了那些孩子们活动玩耍的场景。如今那些自制的体育器材虽然没有了，但是孩子们活动的场景还时常在我脑海中

快乐体育

浮现。那些被学生摩擦得光圆的藤蔓和树干，不华丽，不张扬，却能够增强孩子们的体质，给孩子们带来运动的快乐。如今，在这个体育场锻炼过的孩子们已经长大，虽然他们没有达成某项体育成就，但他们体验到了游戏和竞技的快乐，还养成了在没有条件的情况下创造条件进行体育锻炼的习惯，从而得到了健康的体魄。

10 那条路，他走了 400 多次

拖觉色子，是林川小学的第二任老师，从 2006 年 9 月至今，已在学校教书 14 年了。

2006 年 8 月，我突然接到了布拖县教育局寸天国局长的电话，说中心校有一位代课老师自愿申请到康复村林川小学任教。这位老师曾在西昌彝文学校就读体育专业，2003 年毕业后，就在家乡的中心校做一名代课老师，主要教语文和体育。当时，代课老师的工资只有 100 块钱。2006 年上学期，他听学校有人说教育厅的一位老师在康复村办了一所小学，那里的代课老师每月工资是 600 块，还管吃住，于是就找到了寸局长，表示要去那所学校当老师。寸局长想到前一年为康复村找老师费了那么大的力气，才找到一位退休老师，现在竟然有这样的年轻老师申请去，感到十分惊喜，于是马上把好消息告诉了我。那时我也正计划国

在阿布洛哈村坚守了 14 年的拖觉老师

庆前去学校，便提前向寸局长了解了这位年轻老师的情况。考虑到他回家时要走山路，不仅伤脚，还费鞋，便专门给这位新老师买了一双44码的运动鞋。

当年9月，我到林川小学时，见到了这位拖觉老师。他很年轻，还不到23岁，个子很高，有一米八五，腿很长，身材匀称，显得很精神，在当地算得上是一位标致的小伙子。我发现他篮球也打得很好。我很高兴学校有了这样一位老师。凭着自己的经验，我预感这位老师将给学校带来活力，因为他是自愿申请来的，只要是自己愿意做的事情，一定会做好。

他来到学校后，担任了学校的语文和体育教学，减轻了阿什老师的负担。

就在那一天，有好几位学生都给了我一封信，信中他们都讲了一年的收获，有的学生还用彩笔在作业本上画了画，用文字和图画来传递他们的收获和希望。年龄最大的吉觉大地在信中这样写道："林爸爸，没有学校的时候，我在家放羊，把'1'看成一根树棒，把'7'看成一把挖锄。自从上了学，老师教会了我许多知识，我已经能够认识七百多个字了！"看着这些信和图画，我十分感激在这里工作的老师。

那个时候村里没有通电，到了晚上，我们只有点着自带的蜡烛，坐在教室外的院坝里看天。天上的星星很亮、很多。这种天空只有在高原上才能见到，是城市中无论如何也体验不到的美景。我一边望着天，一边向拖觉了解他的家庭情况。原来拖觉9月份到学校时，自己的小儿子还不满两个月，大儿子才两岁多。我问他："你的爱人支持你来吗？"

他说，他的爱人叫吉力么色扎，比他大两岁，听说这所学校每月能有六百元工资，就支持他来康复村。我接着说，那她在家带两个孩子太辛苦啦。拖觉又强调："没有办法。"

我本来想提高他们每月的工资，因为他们的工资都由我筹集，但教育局不太同意，怕拉大当地代课老师的收入差距。我离开学校的时候，给两位老师各留下了一千元钱,虽然这些钱解决不了他们大的实际问题，但也表达了我的一点心意。

2007 年初，康复村的事情被报道出去后，各级政府领导对这里的重视度越来越高。我向州教育局领导反映了这里的特殊情况，涨工资的提议得到了州教育局和人事部门的支持。政府专门给这个学校的拖觉老师下了一个"定点公办老师计划"，拖觉老师通过了县上的考试。但他要想转为正式老师，还有一个不成文的条件，就是转正后必须要在这所学校坚守十年。

2007 年 10 月，拖觉老师正式成为公办老师，他的工资再也不用由我来筹集了。2008 年，阿什老师年龄大了，离开了林川小学。教育局又派了一位公办老师，当时去林川小学报到的时候，他与我同行。我记得他走那条拓宽了的悬崖路时，怕得要命，两腿紧紧靠着山边，不敢迈步，原来他有恐高症。后来有专人拉着他慢慢地下山，他空着手，还有人搀着，都费了比我们多一个多小时的时间。坚守了将近一年后，这位老师因为实在难以适应这里的环境，不得不离开了。

2008 年，林川小学又招收了第三批学生，学生增加到了 60 多人。这时候，保证学生每天的伙食成了一个大难题，因为食物都要统一在乡中心校领取，不仅有油、米、鸡蛋，还有新鲜蔬菜和猪肉，而去乡中心校又要经过那条悬崖路，每周来去一趟都要花七八个小时。拖觉老师负责了这项任务，加上他一个月回两次家，他一年至少要走这条悬崖路40余次。

他说，有时候在路上突然遇到暴雨，自己也没带雨具，衣服就被全部打湿。云一过，天又放晴，为了赶路取食物，也只能继续往上走，走到自己浑身发热冒汗，走到雨水和汗水混在一起，走到把这些水全部走干。

有一次，他接到家里来的电话，说他的孩子生病住院了，他只有等上完课后，再连夜独自爬山赶回家。我知道他在漆黑的夜里走那段悬崖路是十分危险的，但我也明白他担心孩子的心情。我曾经问过他，是否想过要离开这所学校。他说："我走后，谁会来？我对教育局有承诺，要在这里干十年。"

随着年龄和体重的增加，走这条悬崖路让他感到越来越吃力了。于是他同村里的一个人合买了一匹马，他每次上山的时候才用这匹马，其余时间就由合伙人用，这样就方便多了。那匹马很壮实。2017年出村的时候，我与他同行，他看我年龄大了，腿也不好使，就非要我骑他那匹马上山，他在后面跟着走，我这才知道他为走这条路专门买了一匹马。

今年，公路修通了，他再也不用走那条悬崖路了，于是把马送给了合伙人。路通了，到家的时间也快了，他走了几百次的悬崖路，如今变成了他难忘的回忆。

为了方便回家，拖觉老师养了一匹马，这是他骑着马穿行在悬崖路上的场景

11 黄红斌和他的支教老师

2019年9月的一天，我突然接到了索玛花支教联盟负责人黄红斌的电话，他告诉我，林川小学今年的期末考试成绩在全县排第一名。我非常激动，忙说太好了，不住地感谢他并请他转达我的谢意给这批支教老师。

与索玛花支教联盟的结缘还要从2012年5月说起。那次我回阿布洛哈村，村民向我反映了林川小学教学质量较差的情况。当时，学校里的两位公办老师要教好高年级的课程的确很困难，外面的老师又不愿意到这样一个三面环山、一面临江，出村要走几个小时的学校任教，于是，村里渐渐有一些学生失学了。

为这件事，我找过好几次教育局的领导，希望找到解决的办法，但效果都不好。最后，我到索玛花支教联盟找黄老师求助，在他们刚

首批赴林川小学支教的老师

搬进的办公室见到了他。我向他详细介绍了林川小学目前的情况，希望他派一些大学生去支教。黄红斌二话没说，几天后就亲自走那条悬崖路下到村里，到林川小学考察，当年九月就派出了第一批支教老师。八年来，索玛花支教联盟派出了不下三十名支教老师，这些老师来自全国各地，其中还有个别退休的老师。他们在这里支教的时间虽然不会太长，但都很敬业，都把学生当成自己的孩子，不但教会了他们知识，更给他们带去了爱和温暖。我见过好几位支教老师，每当我与他们交往时，就能感受到他们身上有一种力量。他们的敬业是从内心发出的，没有丝毫矫揉造作。

其中有一位老师叫张琴琴，毕业于南昌大学，工作两年后就志愿来到了林川小学支教。从 2013 年到 2015 年，她在学校坚守了两年。我见过她给学生批改作业，见过她晚上为住校的学生盖被子。这些画面，我始终忘不了。

张琴琴是第一位在全村开展家访的老师。她不仅对每个学生进行家访，还坚持每周送三组、四组的孩子回家。三组、四组的孩子离家较远，都住校。每到周末，老师们都要把孩子们送到小河边，看见他们安全地过河后，再走两个小时的山路回学校，有时候回到学校时天已经黑了。

我对那条小河有深刻的印象：去三组、四组必须踩水过那条小河，过河时必须脱鞋，把裤腿卷到膝盖以上；水很凉，很刺骨，水中的石头也很滑。我每次过河时，都是村民扶着我，把我架过去。每次过河后，卷起来的裤腿都会被水打湿——好在山下的气温较高，穿着打湿的裤子走一两个小时就干了。

我到阿布洛哈村的次数虽然较多，但过这条小河只有四次，而那些支教老师为了学生的安全，一年就要过数十次。我听张琴琴老师说过，有一次因为下雨，小河涨水，她同另一位姓王的老师一起送孩子们到小河边后，看见河水比平时高出十几厘米，而且非常浑浊，看不到水里的石头，不知道深浅。她同王老师只能脱下外裤，用双腿去测量河水的深浅，想摸索出一条适合的路线，然后把孩子一个一个地背过河。但她们还是低估了河底石头滑溜的程度，张琴琴老师脚底一滑，摔进了小河里，把孩子们吓得直叫。好在那一刻同行的王老师拉住了她上身的衣服，才

过河

没有发生更大的意外。张老师的半身已被冰冷的河水打湿，她上岸换上了备用的外衣，穿上刚脱下的外裤，又同王老师一起送孩子们过河。直到看见孩子们的背影渐渐远去，她们才又爬山回学校。星期天下午四点，张琴琴和王老师又出现在了小河边，等待那批返校的学生。

如今城市里的老师和家长基本都用手机交流，但在阿布洛哈村，学生的家长基本上都没受过教育，也不会用手机，老师要跟孩子们的家长交流，就得徒步走山路去家访。那些山路很难走，最远的一家从学校出发要走四个小时才能到，回来的时候爬山，时间还会更长。一般家访的老师都要在学生家过夜，为了不给学生家长添麻烦，他们都带上了帐篷。张琴琴与这批支教老师的星期天，几乎都是这样过的。他们走组进户，每家都要走到，虽然要花很多时间和精力，但增进了与家长和学生之间的感情，学生学习也更加努力了。就是这样，张琴琴等老师把这种优良的教风传递给了后来的每一位支教老师。

2020 年 8 月，张琴琴利用暑假又回到了林川小学。陪她回学校的是黄红斌老师，他们在学校门口跟我通了视频电话。如今，张琴琴已经在家乡安徽省马鞍山市成为一位优秀的语文教师。黄红斌因为有在林川小学成功的支教经验，于 2014 年 8 月正式建立了四川省索玛花慈善基金。至今，索玛花支教项目共派出了 1370 余名支教志愿者，索玛花的爱心建设项目共援建了 37 所小学，黄红斌和支教老师们就像灿烂的明珠，散落在凉山大地上。

CHAPTER 03

第三篇

每一天都是崭新的

12 第一次见到电灯

不知何时，康复村的村民在山顶的悬崖路起点旁立了一块整石做的石碑，上面涂了一层白水泥，用红字注明了这是一条康复路。

2005 年 9 月，村里的学校建好后，孩子们都能同外面的孩子一样背着书包上学了。但我还想为村里做点什么。为了让更多的人了解这个村子，就必须改善这条出村的道路。只有真正走过这条路的人，才知道这条悬崖路有多危险、多难走。那一年的中秋节，我给村里带去了一万元钱，准备第二年再给一万元，用这两万元来拓宽这条路。要知道，两万元可以负担两万个工的费用，因为当时村里按工分折算收入，平均下来每个工每天五毛钱，修这条路每天再加五毛钱的补助，因此每个工每天的报酬就只有一元钱。

当我把这一万元钱交给村主任的时候，没想到他们还请学校的阿什老师写下了保证书，全村的村民代表还按下了手印，保证一定把路保质保量地拓宽。这张保证书我一直保存着。

没想到这条加宽了的路真的发挥了作用。2006 年 10 月，我想给村里漆黑的夜晚带来点光明，便托成都万科的总经理张海给村里买了一台 15 千瓦的发电机。这台发电机有 160 公斤重，由汽车运到乌依乡以后，怎样从悬崖路抬进村，是我一直担心的问题。这个计划我一个月前就告诉了村主任。为了把这台发电机抬进村，那段时间村里每天都出动 20 余个主要劳动力，在悬崖上再次拓宽道路，特别是在一些弯道处，在原来的基础上又拓宽了 30 厘米。

抬发电机那天，村里选了 8 个精干的小伙子，分成了两组，每组 4 个人。他们用两根结实的树棒抬着发电机，前后各两人，嘴里喊着号子，步伐一致地前进。村主任告诉我，学校的学生要在村口迎接我，我怕学生被午后的太阳晒得太久，就急着同村主任一起下山，因此没能记录下当时抬发电机的精彩画面。

发电机到了，村里人都围着它，他们都很好奇这个铁疙瘩怎么能让漆黑的夜晚变亮，因此都守着不离开，要等着见证发电机发动起来的时刻。我从县里带去的工人为发电机加了油，又做好了发电前的准备工作：先从发电机里接出电线，再在电线上接上开关、电灯泡。这个过程持续了两个小时。

这次我也做了充分的准备，不但把家里的电视机搬了去，还考虑到他们那里可能没有电视信号，专门带了一台录放机和录音机。电视机和录放机可以让他们看到生动的画面，录音机可以让学校升国旗、学生做广播体操时都有音乐，对孩子们学说普通话也有好处。

天渐渐暗下去了，全村的人一个也不见离去。工人的每一个动作都让他们感到非常新奇——就像我第一次来村里时见到他们中一半人都睡在地上一样。

2006 年村里的第一台发电机

工人告诉我，一切都安装好了。我开始数“1、2、3……”，突然，灯亮了。这时，掌声和欢呼声响了起来，这掌声持续了半分钟。孩子们在跳，青年人在叫，老人在笑，整个村子都沸腾了，比他们过年还要热闹。我用相机记录下这一时刻，不觉间自己的眼睛也湿润了。

我突然发现我带去的一位学生不见了。原来，他躲了起来。我问他怎么回事，他告诉我：“灯亮的那一刻，我第一次看到这样让人感动的场面，不好意思让村民见到我流泪，只好躲在厕所边，没能给你帮上忙。”

我把电视机打开，按原计划放了我带去的录像。孩子们坐在最前面，目不转睛地看着电视里的画面。大人都在后面站着、靠着，他们就这样站了两个多小时，也不觉得累。第二天，有几位上了年纪的村民对我说，昨天看电视，头都看晕了。他们还接着问我：“电视里的那些画面是不是真的？外面的房子比我们的山还高！”我说：“是真的，我见过，以后有机会，你们也可以出去看一看。”他们摇摇头说：“老了，又残疾了，这么难走的路，我们怎么能出得去，我们能够在电视里看就不错了。”听他们说到这些，我心里很难受，我想：他们这批人，是为了我们外面人的健康才远离了正常人的生活，我们现在生活好了，也应该感激他们才对。能为他们做一些小事，让他们高兴，我们也高兴。

几盏明亮的灯，在城里很平常，没有什么特殊的，但在这里却有着特别的意义，因为这些灯都集中在了学校，它们为孩子们读书带来了方便。也正因为这些灯，这所学校就成了全村的活动中心。

有了电，学校就成了全村人集聚的地方

13

悬崖上的梯步路

2007 年 7 月 11 日，我在四川省委组织部柯尊平部长的陪同下，第一次见到了时任四川省委书记杜青林。杜书记比我高半个头，人很精神，根本看不出已经有六十岁了。我们的谈话持续了一个小时，那天他问的基本都是康复村的事，问得最多的就是那条路，并说他想去看看。我说，你这样忙，那路又很难走，全是下坡，你个子高，重心也高，走那条路更危险。他接着说，在海南任省委书记的时候，经常到山区，走过许多山路，有经验。我说这条悬崖路落差有两千多米，没扩宽的时候，有的地方只能放一只脚，还有不少小石子和流沙形成的坡，很滑，几乎每个下山的人都要摔跤。他问：路能否再扩宽一点？是否可以在靠山的一边建水泥的梯步？他的想法很快得到了实现。

不久后，乌依乡就运来了上百吨水泥。为了在悬崖上建梯步路，首

2007 年，政府准备为康复村建一条梯步路

拓宽后的梯步路已经可以走马了

先要把乌依乡到悬崖边的三公里土路修通，然后才能把修梯步路的建材通过拖拉机和农用车运到悬崖边。经过半个月的抢修，这条路终于可以通行了。

在悬崖边修梯步路，不仅比平常修梯步路难上许多，而且很危险。缺水是一个大问题：没有水，那些水泥、石子和砂怎样搅拌？整个悬崖只有半山间有一股从崖缝中涌出来的泉水，距离要建的梯步路有五百多米远。修悬崖下半部的路可以借用这股水，但修悬崖上半部的，就要从乌依乡的几个村寨里引水。引这些水要用数百米的胶管，由于路线长、高低不平，水管接头经常会出现破裂或者被飞石砸坏的情况，因此总是停工，工人上上下下、跑来跑去查问题。有时因为缺水，一整天都不能施工。

大部分的梯步都建在悬崖边上，最险的靠深谷的那一边还要用水泥建护栏，而且只能容纳一个工人悬着身子在那里施工。

2007 年 11 月，我从乌依乡下到村里的时候，亲眼见证了那些工人在悬崖边施工的危险和艰难，还拍下了他们施工时的一些照片。他们告诉我，这条梯步路已经修了三个月了，他们都住在乌依乡上，每天都要走一两个小时的山路，才能到达施工地，太阳还没有升起来的时候就出发，一直要等到太阳落山的时候才能回，中午就吃点自带的饭。

修这条梯步路的工人中有一位青年是广安岳池县人，姓周，个子不高，但身体很结实。他说十多年前见过我，还说我去过他的学校，教过他们怎样攀崖，他对我印象很深。突然的相遇让我十分惊喜，我握着他的手，感觉到他的双手很粗糙，已经有裂口，就像锯子一样，我有点心

在悬崖上建好的梯步路

痛。十多年前我见到他的时候，他还是一名学生。那时我是四川省教育厅体卫艺处处长，到他们学校是去推广土法上马、因地制宜自建体育设施的经验。没想到他就是那所学校里走出来的学生。他们在那些土法上马的体育设施上享受到了体育的快乐，也增强了体魄。这批学生毕业后，有不少参加了变电架线的高空作业。因为他们有高空作业的经验，所以今年被选派来承担修悬崖梯步路的任务。

我看见他和施工队中的许多人嘴上都起了泡，凭借长期跑野外的经验，我判断这是缺乏维生素造成的，便把自己进村前准备的水果和一瓶多种维生素片留给了他们，希望他们度过这段艰苦的日子。我一边下山，一边用相机拍着那些修好的梯步路。这些梯步路一点都不滑，走在上面也不那么容易摔跤，比过去方便多了。

2008年，我把这些照片洗印好后，带到了北京，送到了中央统战部。那时杜青林同志已调离四川，任中央统战部部长，他仔细地看了那些照片，还询问了路通后村里的变化。

正是因为有了梯步路，后来许多人都来过这个村，他们中有北京人、上海人、广东人、香港人，还有韩国人。他们走在这条悬崖梯步路上，虽然很累，会出许许多多的汗，但再也没那么危险了，也不会摔跤了。村民们也因为这条路，开始走向外面的世界。

14 八一引水工程

2007 年 9 月 13 日，在阿布洛哈村村民的注视下，自来水哗哗地流入蓄水池。村主任吉力史尔忍不住用双手捧起清亮的水喝了几口，激动地说：“盼了四十年，今天终于实现了！感谢党，感谢亲人解放军！卡莎莎！（彝语‘谢谢’）”

为参加阿布洛哈村引水工程竣工仪式，原成都军区政治部副政委张建华将军，率成都军区的同志们来到阿布洛哈村，这是他第二次进村。一个多月前，为修建引水工程，张将军就来过这里，两次走过这条悬崖路。当时悬崖路还没有修梯步，他为了走这条路，专门买了一双新鞋——那双新鞋只穿了两个月就坏了。他在走这条路的时候，走得很慢，按理说，每一步都该踩得很踏实，但就是这样，他也摔了三跤。与他同去的人后来对我说，有一跤他摔得很狼狈，爬起来后说的第一句话就是：“林

张建华将军及同行官兵走在悬崖路上

强年龄比我大，前几年都独自走进了村，为民办实事、办好事，我想他在走这条路的时候，摔的跤会比我更多，我们该向他学习！”陪同的人还补充说，他的话是发自内心的。

张将军第一次进村的时候，是 7 月底，天气还很热。他把成都军区的慰问物资带到村里后，马上就进行调查研究。他了解到这里的村民只能远山听水，靠着山却用不上水，村子里基本不种蔬菜，种玉米也只能靠天吃饭。严重缺水的现实，制约了阿布洛哈村的生活和农业经济的发展。就连村民吃的水，都要走 3 公里的山路去背。如遇干旱，背水的路程还会更远。

第二天，张将军一行人和村民一起到了半山间，仔细查看了那股泉水。这是整个阿布洛哈村唯一的水源，水是从崖洞里流出的，水量较大，只要把这股水引进村，就能解决他们的用水问题。

但要引这股水进村，谈何容易！首先要在 3 公里长的悬崖路上铺水管，把水通到村口的蓄水池。这条路上许多坡的坡度都在 60 度左右，预计要用 8500 多米水管，最后实际用了 9600 米水管，才把水引进了村口的两个蓄水池里。接着要把其中一个蓄水池里的水过滤后作为饮用水，通过 12000 多米的水管引进每家每户。另一个蓄水池的水就作为农用水。这个工程的资金全是成都军区及其下辖省军区、军分区的官兵职工捐助的，其中成都军区捐款 45 万元，四川省军区捐款 35 万元，

乡里的基干民兵为阿布洛哈村运送水管

凉山军分区捐款 10 万元。成都军区委托凉山军分区负责这个项目的施工。凉山军分区派了 3 位干部驻扎在村里，并在布拖县抽调了 20 名基干民兵，再加上村里的 30 位壮劳力，用一个月的时间，把水引进了每家每户。凉山军分区还给每位参与施工的人员免费提供了一套迷彩服、帽和鞋。那段时间，在山上随时都能看见那些迷彩身影。

8 月 3 日奠基工程开工，9 月 3 日就竣工，在这一个月的施工里，有许多感人至深的故事。有一位老人吉史么外已 81 岁了，从 1964 年带着自己 9 岁的儿子来到这个村，就再也没出过村。她看见这几年这么多人来关心他们，解放军的将军还拉着她的手，关心他们的生活，为此她眼里常含感激的泪水。看见解放军给他们村引水，她怕施工的人员喝不上开水，每天早上天不亮就起来烧开水，并叫自己的儿子每天去送水，上午一次，下午一次，不论天晴下雨，一直坚持到解放军把水引到家门口。我问她的儿子，母亲为什么要这样做。她儿子说，这是她的心意，有几次她在梦里也在说“卡莎莎！（彝语‘谢谢’）”。

通水后，吉史么外几乎每天都会坐在水池边看水，有时一坐就是几个小时。她在那里看着那些孩子玩水，看着村民打水，看着妇女在池边洗衣。我拍过她看水的笑脸，那一刻我真的体会到了水对他们的重要性。

通水的那一年，村里粮食丰收了，猪也长肥了，村里的笑脸也更多了。

吉史么外的笑脸

15 村里的第一个党支部

2007年，康复村发生了巨变。那一年，政府正式把康复村更名为“阿布洛哈村”；那一年，村里实行了包产到户，将集体土地分到了每家每户；那一年，村里每个人都拿到了自己盼望多年的身份证；还是那一年，村里建立了第一个党支部。

2007年我去过村里四次，亲眼见证了村里的变化。从1963年建村以来，这个村就叫“康复村”。当地人都对麻风病怕得要死，认为麻风病是“风吹来的魔鬼”，因此对这个村子也十分恐惧。我记得2006年我从康复村回布拖县城时，带了一位村里的第二代小伙子同行，要一同回去的还有从县里来接我的人。我叫那位小伙子上我的车，这时来接我的人突然告诉我他在乌依乡要办点事，不跟我回县里了。后来我才明白，他是怕同这个村里的人坐一辆车。他当天是搭便车回布拖县城的，坐我车的那位小伙子一点都不知道。那天接我的司机，在长达两个小时的车程中一句话也没说，听说他把我送到布拖县城后，就把车开到河边，洗了整整两个小时。

如今这个村被宣传出去了，为了消除人们对这个村的负面印象，布拖县政府认为必须给这个村重新取个名。我参与了为村取名的过程。大家认为康复村处在三面环山、一面临江的峡谷中，而彝语中“阿布洛哈”的意思就是“高山中的峡谷”，阿布洛哈村就这样得名。

有了正式的村名，阿布洛哈村立即成立了第一个党支部，并按过去的生产小组成立了 4 个党小组，共发展共产党员 11 名。村支部书记由老村主任吉力史尔担任，村会计吉力拉合担任组织委员，二组的妇女代

阿布洛哈村第一届党支部成员

2008 年阿布洛哈村成立了民兵排

表吉子么子作任宣传委员，一组的组长且沙次干任支部委员。党支部成立后，我给他们拍了第一张照片。党支部做的第一件事就是按国家政策把集体土地分给村里的每户人。支部成员在乡干部的带领下，首先学习家庭联产承包责任制的政策，然后在征求每个小组的意见后，提出了分配方案。方案是以生产组为单位，每个生产组集体保留 10 至 15 亩土地，其余的根据生产小组实际人数，按土地好坏搭配的形式分给每户人。他们的工作做得很细，几乎每家每户分到土地后都觉得很公平。

村民阿达色贵告诉我，他那一年刚结婚，爱人很快就怀孕了，到分地的时候，妻子已有 6 个月身孕，还没有出生的孩子也分到了与他一样多的土地。那一年他家一共分到了 7.8 亩地，有 3 亩多地就在家附近，土质不错，还有3亩多地在山的下面，要差一些，后来水的问题解决了，收成也不错。

2008年，我记录了村里的第一张布告，它是由党支部发出的，就贴在学校门口，全村的人都能看到。那张布告的内容是阿布洛哈村建立了第一个民兵排。当那些年轻人穿上预备役的迷彩服时，全村人都笑了。我还看见，几位老人笑着笑着就流泪了，他们流的是高兴的泪，他们在生命的最后阶段，能看见自己的孩子戴上帽徽，穿上自己从来没有见过的军便装，心里充满了无法形容的满足感。

阿布洛哈村的党支部至今已经成立13年了。第三届村支书是25岁的吉列子日，他曾是林川小学的学生，在西昌应用技术学院毕业后，就回到了村里建设家乡。为了写这篇文章，我翻出了许多封当年的学生给我的信，其中有一封是2007年我去学校时吉列子日给我的。那是一幅用作业纸画的画，画着他向往的阿布洛哈村的未来。如今，画里的内容都变成了现实。

当年林川小学的学生吉列子日已经成为阿布洛哈村的第三届村支书

16

种天麻

2007年，阿布洛哈村还有很多变化：学校的第二期工程开工了，悬崖路加宽了，村里的人也开始走出去打工了。这个时候，我觉得村里有这么多土地和山林，应该让村里更好地发展，于是托人给村里带去了一万多株花椒苗。后来听村主任说，这些花椒苗成活了三分之一。如今，那些花椒苗已经在山林中长成了花椒树，每年都能带来不错的收入。

2008年，我从阿布洛哈村带回了两包土，一包是靠河边的三组的土，另一包是靠近学校的二组的土。四川农业大学的专家鉴定过这两包土后，认为阿布洛哈村最适合种桐梓、南瓜和核桃，下面靠西溪河的三组可以种石榴、芒果和大蒜。他们还建议，因为那里的土施的都是农家肥，没有污染，可以试着种一些药材。于是我动了心，请专家们给予支持。

在我的请求下，田孟良教授派出了他得意的研究生，带上培育好的天麻种，与我一起奔赴阿布洛哈村。我想，只要天麻能够种成功，每年就能给村里带来不菲的收入，而且这里土地多，便于管理，还可以种许多其他的药材，那么村民的收入也会翻番。

田教授的学生叫孙旭，在新津的一个实验基地有一年多的药材培育经验。他把两箱专门从培育基地里取出的天麻种搬上了我们的车，一路上把它们照顾得十分好，不仅定时开箱检查，还把箱子固定得很稳，生怕途中的颠簸影响了天麻种成活。司机开玩笑地说他把天麻种当成了自己的孩子。

村主任对这次种天麻很重视，专门派了几位同志到山顶上来接我们，并且一路上都不让专家扛这两只箱子，只让专家空着手走。到村里后，专家向村主任建议先找家村民做实验，最好能够找有文化一点的村民。我们最后选定的是我的学生阿达色贵家。色贵因为年龄大，读书前就订了娃娃亲，因此上了两年学就结婚了。他虽然读书少，但能听懂汉语，这样与专家沟通起来方便一点。

第二天一大早，我们开始在色贵家的地里做实验。专家一边操作，一边给色贵讲解，讲得很仔细。挖坑，铺树叶，摆上带菌种的树棒，填土，再摆一层带菌种的树棒，再填土……每一个步骤，色贵都学得很认真。把天麻种完后，村主任请孙旭吃了饭，告别的时候说，欢迎他第二年再来种天麻。

三个月后，色贵给我打来电话，他在电话那头愧疚地说：“对不起啊，天麻没有种好，专家走后，他讲的那些技术我都忘记了，又找不到人问，每天去看，天麻都没有发芽，也不知道是什么原因……”

农学专家孙旭正在教阿达色贵种植天麻

后来我才知道，种天麻不是一件简单的事情。由于天麻对生长环境的要求比较苛刻，对温度和湿度都有一定要求，种植人员必须接受专业的培训，积累丰富的种植经验，才能种植成功。

值得庆幸的是，我带去的南瓜、大蒜种子，那一年种下后都丰收了。我明白，这些作物不需要什么文化和技术就能种植，很适合阿布洛哈村。我看见那些丰收的南瓜很大，都摆放在旧房的屋顶上，真是美极了。我吃过这些南瓜，和我们城里的不一样，不仅很甜，而且有一种清香。要不是那些南瓜太大太重，我一定要从那条悬崖路上带几个回家。

第二年我才知道，我喜欢的那些美丽的南瓜，有一半都坏了，因为通过那条悬崖路是运不出去的，人和猪又吃不完。知道这些后，我想，这条路，的确制约了他们的发展。

丰收后的南瓜

CHAPTER 04

第四篇

打通“最后一公里”

17 不知道她死于什么病

2007 年 12 月初，我突然接到村主任吉力史尔的电话，他的手机信号不稳定，听起来很吃力，但从他因着急而拔高的声调中我知道一定是有急事。原来是靠河边的三组有一位年轻妇女，叫伟史么有外，肚子痛，吃了药仍然不管用，痛得死去活来。天已经黑了，如果要送到医院，第一条路要四个人抬着她走八个小时悬崖路，先到乌依乡，然后再搭三个小时的车到布拖县城；第二条路要先通过溜索把病人运过西溪河，然后再抬着她走三个小时的山路，到金沙江边的公路上搭车，而汽车翻山还要再走四个小时。全村的人都为她的病着急，村主任只有求助于我。

放下电话后，已是晚上八点三十分，我立即给县政府的领导打电话求助。县领导非常重视，马上与县医院取得联系，准备派两名医生进村。但由于夜间的悬崖路实在难行，两名医生只能第二天早上进村。第二天一早，医生正准备出发时，我突然接到了村主任的电话，说伟史么有外已经在凌晨去世了。得到这一消息后，我马上订了一张当天去西昌的机票，赶到布拖时已是下午六点。那天，我一路上和村主任通了好几次电话，他听说我要来，便安排了人来接我。第二天，我到了乌依乡后，就见到在那里等候我的两位村民。我一路上向他们打听伟史么有外得的是什么病，年龄有多大，他们都说不上来，只说是肚子痛，吃了药也不管用，还越痛越凶，痛得在地上打滚。我揣测，可能是急性阑尾炎，也可能是急性胰腺炎或其他什么病。

伟史么有外很年轻，才 23 岁，今年三月刚生下自己的第一个女儿，没想到八个月后就因为突发疾病无法及时得到医治而离世。我望着伟史么有外的遗体，看着她留下的不满周岁的吉吉莫尔作，真是心如刀割。我与这个村建立联系已经有三年了，和村里的许多人都有感情。三个月前我见到她的时候，大家还有说有笑，这次她的离去，真让人有点接受不了。

按照习惯，村里为她的葬礼杀了牛。全村的人都集中在三组，用这里流传至今的古老方式举行了庄重的仪式。那一天，我想得很多：如果再遇到这种情况怎么办？生命又将消逝，一个家庭又将破碎。葬礼后，我见到了吉吉莫尔作的父亲，给他和女儿留下了早准备好的两千

吉吉莫尔作与她的父亲

块钱，希望他节哀顺变。

回到布拖县城后，我找到县里的领导，建议他们在这个村里建一个卫生院。几个月后，村里的卫生院就开工了，地址选在学校的旁边。卫生院建好后，村里选派了一位有文化的学生，在县里接受了几个月的培训后，就担任了这个村的“赤脚医生”。从那以后，村民一般的小病就有地方医治了。过去村里人生病，都是靠身体硬扛，从来不吃药，有时候身体扛不过来，一病就是十天半月。如今，村里人生病后也开始吃药了，不仅药是免费的，还有背着红十字箱的“赤脚医生”在村里巡诊。

2009 年 10 月，我进村时突然听到吉吉莫尔作的父亲去世的消息。

2008 年村里建好了卫生院

吉吉莫尔作去大连

我很吃惊，马上打听原因，原来年轻的妻子突然去世，对他的打击太大了，从那以后他就不爱说话，一个人带着不满一岁的尔作，又当爹又当妈，生活的苦水只能藏在心中。有一天，抑郁难平的他独自来到崖洞边，喝下了一瓶农药……当村民发现他时，他已经永远地离开了这个世界。从那以后，尔作就成了一名孤儿。我和我的朋友一起挑起了抚养尔作的重任，在她在林川小学读到三年级的那年，把她送到了大连朋友刘克训家寄养。刘克训的家里还寄养了好几位同她一样的孤儿，这些孤儿都来自凉山布拖县。尔作在那里长身体，在那里读书学习，如今十三岁的她，个子都有一米六了。

有一天，尔作突然向我打听她母亲在十二年前是因什么病去世的，我说不上来，只好跟她说她母亲是因为阑尾炎去世的。但我内心深处在想，如果当时村里通了公路，也许结局不会是这样。

18 山间的那条路

2014 年的秋天，我在阿布洛哈村举办了一次摄影展。这个摄影展是为全体村民办的，展出的照片主要记录了阿布洛哈村近十年来的变化。那些照片都挂在铁丝上，铁丝的两端缠在两棵树上，照片与大山相映衬，很特别。全村的老老少少都来看照片，他们认出了十年前的自己，又想起了十年前住过的房子，有的人看着照片笑出了声，有的人看着照片偷偷地掉泪。这个时候，我又用相机记录下了他们各种各样的反应。

我还专门从成都带去了五部卡片式照相机，送给了村委会和四个生产小组，想让他们像我一样，用相机记录村里的变化。那天展览完后，照片都留给了村里的人，后来我看见村里的很多户村民都把照片贴到了他们屋子里的正中间。

这十年来，村里的变化确实很大。我问他们现在最大的愿望是什么，

山间的摄影展

他们都说希望有一条便捷的出村公路，不用太宽，能够骑马、走摩托车就行了。他们说，如果这个愿望能实现，他们做梦都会笑醒。当时我觉得，这个村要通公路，简直比上天还难。我望着陡峭的悬崖，心想，要在悬崖上修公路，几乎是不可能的，要从金沙江边穿山打洞修一条路进村，也是不可能的——我这辈子怕是看不到公路通进村了。虽然心里这样想，但嘴上还是要给他们希望，于是我说，出村以后，我会向有关部门反映。他们听说我会反映他们的诉求，顿时笑开了花——他们想得很简单，以为我什么事情都能办到。

正在这个时候，附近的伟木村的村支书率领几名村干部走了 4 个小时的山路来到阿布洛哈村。他们是专程来找我的，我也不知道他们从哪里打听到我来阿布洛哈村的消息。他们来的目的是向我反映村里有 60 名学龄儿童失学的情况。前几年因为路不通，村里也没有学校，这些孩子至今都没有上学。他们告诉我，从拉果乡到伟木村的公路下个月就通了，希望我给教育局反映，让这些孩子到乡中心校读书。这位村支书还在他亲笔写的诉求信上按上了自己的手印。我一边和村支书交流着，一边想到了另一件令人激动的事：既然公路通到了伟木村，那么阿布洛哈村通公路就有机会了。

我向这位村支书仔细打听了伟木村通公路的情况。伟木村在阿布洛哈村的前方，紧靠金沙江，从村口的山坡上就能看见林川小学的国旗。两个村的直线距离只有 3 公里，如果靠山边开出一条悬崖便道，也超不过 5 公里。这样，阿布洛哈村就可以走马、走摩托了。

为了了解山间的这条路，2015 年我专程去了一趟伟木村。从布拖县城到伟木村的路只有 57 公里，那天我的车却走了 4 个小时。特别是从拉果乡到伟木村的路，每小时只能走十多公里。我感觉汽车的速度与我当运动员时跑步的速度差不多，根本快不起来，因为这条路不仅弯急坡陡，而且路面坑坑洼洼，上面还掉石头。当在车上能望见阿布洛哈村的时候，我叫司机把车停下来。下车后，我在那个地方转了好几圈，那个地方是看阿布洛哈村最好的位置，如今成了通往这两个村的岔路口。

我想，现在公路已经通到了伟木村，虽然很难走，但也给伟木村带来了很多方便。首先是孩子们上学的难题会逐步得到解决，其次村子也会渐渐发展。如果能在通往伟木村的路旁边开出一条简易的便道通往阿布洛哈村，那么阿布洛哈村将会发生翻天覆地的变化。

回到西昌后，我给当时刚上任的州委书记反映了这些情况。他很重视这件事，对这个村也有所了解，于是马上开始了部署。后来几年，阿布洛哈村的村民经常会听到两个村的交叉路口上放炮的声音，这标志着修路开始了。村民们非常高兴，经常告诉我修路的情况。但是，一年、两年过去了，工程却没有多大进展，时而响起的放炮声，只能给村民带来安慰和希望。我派村里的学生去查看，他们给我发来了工地的照片，工地上人很少，按这个速度不知道什么时候才能完工。我看到发来的照片后，心里还是很高兴，不管怎么说，修路的事情已经提上了日程。

其实布拖县政府对修这条公路十分重视，凉山州委常委、布拖县委书记沙文，布拖县委副书记、县长罗古阿吉，布拖县副县长姚智也都实地考察过，还为阿布洛哈村的发展开过专题会。听说当时提了两个方案，一是把阿布洛哈村的村民全部搬迁出来，让他们住进政府专门给贫困村修建的安居房，让那些麻风病康复者和他们的后代享受到政府给他们的温暖。这本是一件利民的大好事，但另外一些要搬迁的村里有人有意见，他们不愿和患过麻风病的人生活在一起。同时，阿布洛哈村的老一辈康复者也不愿出村，因为他们几十年都住在这里，已经习惯了，怕去了外面反而不能适应。于是政府尊重两方的意见，为了让阿布洛哈村更好地发展，决定出巨资加快这条路的修建。这就是当时讨论出的第二个方案。

在省、州交通运输部门的重视下，2019 年 6 月，全国闻名的四川路桥盛通公司承担了这条路的修建。

从阿布洛哈村到伟木村也要走这样的险路

19

用脚走出来的施工方案

时间来到了2019年的11月底，距离原定通硬化路的时间12月31日只有一个多月了，而剩余路段的修建方案还没有最终敲定。这段路实在太险峻了，就连阿布洛哈村的村民都很少有人去，甚至派去侦查的无人机到了那里也因为失去信号而坠落。因此，剩余路段的地质情况究竟怎样还无法准确获知。就是在这样的情况下，时任四川省交通运输厅公路局副局长胡厚池、四川路桥盛通公司总经理廖郁决定亲自带队前往阿布洛哈村徒步勘探，实地走访和研究。同行的有项目经理赵静、冯利威等。

胡、廖二人稍年长一些，赵、冯二人年轻一些。四人的身体都十分结实，人也很精神，一眼看上去就是很实在的人。他们的实在也与他们从事交通建设有关，因为修路修桥来不得半点含糊，不是空谈就出得来

四川路桥盛通公司总经理廖郁带队勘察

的。从拉果乡到伟木村的柏油路也是盛通公司负责施工的，这条柏油路铺得应该算是很好。我走过之前的毛路，当时有很多坑坑洼洼的地方，弯道很多，路面很窄，如今铺好的柏油路快三年了，看起来与新的差不了多少，几乎没有需要补的地方。前几年，我走过其他地方的一些路，第一年铺好的柏油路，第二年就开始补了，第三年补的地方就更多了。

建设阿布洛哈村的通村公路，必须走进村里实地进行考察，才能对这里的地形有所了解。勘探小组来到伟木村的岔路口后，要进村，必须从悬崖边下到谷底的四组，然后穿过一条小河，再走两个小时的上坡，才能到达二组。因为村委会、学校、五保户集居点、卫生院等都设在二组，因此公路必须通到二组。

胡、赵二人个子矮一点，下山时重心要低一些，走山路相对容易些。廖、冯二人个子将近一米八，下山途中有好几处都要手脚并用，要不然就会滑到山崖下去。从伟木村岔路口下到四组的那条路我没有走过，但听村民说过，很难走。果然，这条路第一天就给了他们一个下马威。虽然已是 11 月底，一位施工组织人员的内衣还是全被汗水打湿了，不知道是累的还是被吓的。他好不容易坚持走到了山谷的河边，过河后看见还要爬那么高的山，就真的再也走不动了，最后靠村民把他背到了二组。其实从出发的岔路口到二组的直线距离只有大约 3 公里，但他们下山再上山，足足花了 6 个多小时。

通过考察他们认为，公路要先盘山下到谷底，然后再盘山上到二组，总里程大约有 14 公里，不仅花费巨大，施工也非常艰难。因此，他们否定了这个方案。

当天，勘探小组决定兵分两路，胡、廖二人带队回驻地主持大局，赵、冯二人留下来进一步详细勘探。那晚，赵、冯两位经理住在学校，很久都不能入睡，他们决定第二天走访村民，并在二组周边进行考察。村民知道他们是为修公路才专门来村里的，便送上两只鸡招待他们。赵经理要付钱，村民说什么都不愿意收，说他们从对面山走到村里来很不容易，这是村民的心意。

赵经理他们一边吃着跑山鸡，一边望着对面的大山陷入了沉思。冯经理说，现在唯一的办法，就是从对面的崖壁中，顺着山形开出一条公路来。为此，他们准备明天专门沿着山体走一次。但那里根本就没有

时任四川省交通运输厅公路局副局长、驻点督导组组长
胡厚池和四川路桥技术专家到阿布洛哈村研究施工方案

遥望对面的险路

路，也没有人走过。其实冯经理早有打算，他当天已专门派人送来了一百多米长的麻绳，准备第二天过险道的时候用。在5·12汶川大地震中，他们都曾借助绳子救过人。2008年5月12日那天，赵经理在汶川修都汶公路，冯经理在都江堰修路，后来他俩都参加了救人和修路的行动，也得到了省上和市上的表彰。

拉着绳子过崖壁

有了这些经验，这次沿山考察对他们来说不是太难的事。沿山走了一段路后，就遇到了一个沟壑，沟壑间没有路，只有沿崖壁爬着走。冯经理决定第一个过去，赵经理负责指挥。冯经理把绳子拴在自己身上，靠崖边的两人拉着绳子，如果冯经理踩滑了，那两人就把他拉上来。冯经理顺利地过去后，便把绳子固定在对面的崖壁上，这样，后面的人便一个接一个拉着绳子爬过那段危险的崖壁。他们一行中，有两位吓得要命，根本不敢迈腿，最后为了安全，只好回到二组，又从原来的路经过5个多小时才回到岔路口，与大家汇合。

他们沿山考察后，觉得只有围着山崖修路，因为那条路几乎没有上下坡，和二组的高度是一样的。唯一的困难就是要在崖壁上凿出一条公路来，好在四川路桥有许多开山钻洞的经验。

三天的攀爬和考察，几乎耗尽了他们的全部体力。他们每个人的双腿肌肉都因为乳酸堆积而酸痛不已，就算是被轻轻碰一碰，也会疼痛难忍。就这样，他们带着实地路勘情况以及脑子里的初步规划，一瘸一拐地回到了布拖。

20 悬崖公路开工了

我亲身做过这样的测试：在平直的公路上步行 1 公里，大约需要 12 分钟，而通往阿布洛哈村的这段近 60 度斜坡路，最快也需要走 4 个小时。这条路的垂直落差有 2000 米左右，这样的路许多人可能一辈子也不会走一次，但对阿布洛哈村的村民来说，在这条路上往返是几十年来出行的常态。

在阿布洛哈村通村公路正式开工前，施工队在岔路口搭起了板房，调来了挖掘机、推土机等。从那以后，寂静的山野里就响起了轰隆隆的施工声，阿布洛哈村的村民每天都会定时听到放炮的声音。

78 岁的罗布只黑，是 1963 年来到阿布洛哈村的。十多年前，我给他拍过许多照片。他最大的爱好就是抽当地的土烟。他抽烟的样子很酷，烟杆有一尺多长。目前他住在村里的养老院里。自从村里开始修公路后，他每天最大的乐趣就是找一个小山头，在一棵树下的石头上坐下，并在随身带的烟杆里点上土烟，远远地看工人们操作机器，远远地看工人们在悬崖上开路。他见证着工人们把封闭了村子几十年的大山一点一点啃下来，他目睹了每一天的进展，几乎每天都要坐到天黑，却一点也不累。

自从四川路桥盛通公司 6 月开始施工后，我每天都会接到许多村里发来的视频和图片，它们都是我当年的学生通过微信分享给我的，他们想让我一起感受那份喜悦。发来的有修路放炮的爆破声，有施工时扬起尘灰的画面，还有晚上施工的灯光。这些视频和图片我都会反复地看，有时候也会偷着笑。我想，不久的将来，就能坐着车子进村了。

我向有关部门打听什么时候能把硬化路修通，问了很多人，有的人说快了，有的人说年底。我算了一下，离年底只有两个多月了，最后的 1.2 公里路，都是在崖壁上开出的，崖壁几乎是垂直的，就是 24 小时施工，也难保在 2019 年 12 月 31 日前把硬化路修进村。

为了加快进度，盛通公司党委书记、执行董事蒋德光，总经理廖郁，以及赵静、冯利威两位项目经理轮流驻扎在工地现场。总经理廖郁更是连续一周睡在车上，全程在一线指挥。沉重的任务、巨大的压力，早已压得他们透不过气来。他们也清楚，后续的工程会更难，在悬崖上开路，不仅工人施展不开，施工速度很慢，而且也很危险；按目前的进度，再过半年，公路也难修通。最后，他们想出了一个加快进度的办法，就是两头施工，在阿布洛哈村开出一条施工路，与此对接，这样就能节省时间，提高效率。

怎样把修路的挖掘机、推土机等设备运进村？他们设想过在河谷底

四川路桥盛通公司党委书记、执行董事蒋德光和总经理廖郁在板房前做施工前的动员

四川路桥盛通公司驻点领导在板房前布置任务

架吊车，再通过大吊车把修路的设备运进村去；如果设备太重，可以先拆开，后组装。他们实地计算后发现，在谷底架吊车要架 300 米高，通过吊车把设备运到对岸十分危险，因此他们否定了这一方案。冯经理是阿布洛哈村通村公路项目的负责人，那几天他急得满嘴长起了泡，饭也吃不下去，150 多斤的体重很快减到了 136 斤。

很快，他们又想了一个“土”办法，就是找 200 多名工人下到谷底，爬到对面的施工现场，凭着钢钎、挖锄这些“土”工具进行作业。但那些工人到阿布洛哈村以后，看见村里的条件实在太艰苦，吃不好、住不好，每天还要超高强度施工，没到两天，人就跑了一大半。为了加快进度完成任务，他们感到办法都已经想尽了。

突然间，赵经理说：“我们可不可以用大型直升机调运器材进村？5·12 汶川大地震时，要疏通唐家山堰塞湖，大型挖掘机进不去，正是靠米-26 大型直升机调运机械器材，才疏通了堰塞湖，保证了下游人民的安全。”大伙儿眼前一亮，说：“我们马上积极争取！立即写报告！”这一刻，盛通公司这群筑路人脸上忧郁的神色少了许多，因为他们都看到了一道曙光。

C 型隧道爆破瞬间

21 “巨无霸”直升机来到布拖

要让借助大型直升机运设备这一大胆的想法成为现实，可不是一件容易的事情。费这样大的工夫用直升机运施工设备进村，有必要吗？5·12汶川大地震时，借助重型直升机转运工程机械到唐家山，是为了抢险，是为了排除堰塞湖的水，是为了下游人民的生命财产安全。这次调用直升机，只是为了给一个村修公路，还只是为了从里到外增加一个作业面，值得吗？

没想到，这样一个破天荒的设想，竟得到了凉山州交通运输局龚平局长的大力支持。她说：“多花一点钱，值得！习总书记说过，脱贫攻坚，不能丢下一个村，一户家，一个人。只要有可能，就要试一试。”凉山州交通运输局马上把这个方案上报给了四川省应急管理部门，四川省应急管理部门再将其报送国家应急管理部门后，这一方案得到了批准！

调用直升机看似容易，实则不简单：这样的大型直升机全国只有4架，直升机公司在青岛，飞机停在广西，飞行和技术团队里有中国人也有外国人，专用的航油要从昆明调来，负责加油的技术员要从成都赶来，航线需要申请，着陆地点需要临时开辟……那段时间，凉山州交通运输局的龚平局长，四川路桥盛通公司的驻点领导及赵静、冯利威两位经理忙得晕头转向，很难睡一个整觉。

为了用大型直升机完成这次调运任务，四川路桥盛通公司要与青岛直升机航空公司签订租用合同。在签订合同之前，青岛直升机航空公司派出了飞行部的经理曹晔一行三人，与西昌航空护林站的林继平副站长一起来到布拖县，对飞机着陆点和阿布洛哈村的地形情况进行了实地考察。那天，赵静经理在西昌机场接到他们后，就直奔阿布洛哈村。经过三个半小时的车程，一行人来到了阿布洛哈村项目部的板房前。曹晔看着这片峡谷，注视着上百米的悬崖，一言不发。林继平副站长不停地介绍：这里为横断山系的东侧，金沙江、大渡河以及它们的支流在这一带切割出四川最密集的高山，形成了很多峡谷和悬崖。一些地势较平缓、适宜居住和耕作的平坝，也多在高海拔的山区。这样的地形俗称"口袋"地形，是直升机飞行的大忌。这里的气候也很怪，有时布拖县城在下雪，几十公里外的峡谷里还会出太阳。峡谷里的风向也很乱，早上吹北风，下午又吹南风，不便于大型直升机在这里停放。

这时候曹晔说，他从西昌路经布拖县城时，发现布拖县城的周围地势很平，大型飞机可以停放在县城附近，唯一不足的就是布拖县城的海拔较高（2500米），又是冬天，会给飞机起降带来一些困难，但目前看来这是唯一的选择。

回到布拖县城后的第二天，他们便在县城周边选取飞机停放的地点。县里对这件事也很支持，很快同意把在县城外两公里刚建成的配电站大坝子选作大型直升机的停放和起降点，那里离县城只有十分钟的车程。

确定了停放地点后，在2019年11月28日，四川路桥盛通公司与青岛直升机航空公司正式签订了租用协议。11月29日，大型直升机从广西梧州机场转场到西昌。此刻，中航油西昌分公司的经理范祖新一行又调来飞机专用油车从成都运来航油15吨，为刚到的飞机加油。

这样超大型的直升机在高海拔地区降落，还是第一次。十分凑巧的是，这次执行飞行任务的俄罗斯机长安东·列别捷夫，正是在5·12汶川大地震中驾驶同款直升机增援唐家山堰塞湖抢险的英雄机长。他带着他的机组同志，小心翼翼地把飞机降落在布拖的配电站大坝。为了保证飞机的安全，县委书记沙文亲自安排，派出交警、路政24小时值守。

飞机到来的那一刻，县城和周边的群众纷纷赶来，他们在远处张望着他们这一辈子都没见过的“巨无霸”。有很多人在问：“这是怎么回事？这样大的飞机来到布拖是为了什么？”后来他们才知道，这是为了给阿布洛哈村修公路。有的人还说：“那个阿布洛哈村不就是以前那个康复村吗？国家为了这个村，这次居然花了这样大的精力！”有不少人还拿出自己的手机拍照留念。

“巨无霸”到布拖

22

世界最大的直升机“参战”

米-26大型直升机于2019年11月29日上午从广西梧州机场飞抵西昌，加完油后，就直飞布拖。下午2点到达布拖县城时，省交通运输厅公路局局长许磊、副局长胡厚池，凉山州交通运输局局长龚平，布拖县副县长姚智、县委副书记毛正华以及赵静经理等人早就在临时的停机坪等候着。飞机降落时，双螺旋桨刮起的风很大，把小石头都刮了起来。如果旁边搭有帐篷，一定会被它掀翻。飞机的声音震耳欲聋，赵经理在不断地跟同事说话，但只能见他张嘴，听不见声音。飞机刚停稳，他们就从事先隐蔽好的地方冲出来，直奔飞机。一行人上飞机后，飞机马上升空，直奔阿布洛哈村。

这个时候，冯利威经理早就和工人们在阿布洛哈村二组上方的山坡上，平整出了一块几百平方米的平地。但他们不知道这个飞机到底有多大，也估计不了飞机降落需要多大的面积，只有等飞机来了之后，听从机组人员的空中指挥。大型直升机在阿布洛哈村上方盘旋着，机上的人用对讲机直接指挥在地面工作的冯经理等人要如何扩展停机坪的面积，如何把地面处理平整，还强调一定要把停机坪周围 40 米内的树砍掉，以免降落时螺旋桨剐蹭到树枝，造成危险。直升机盘旋了 10 分钟左右，机组人员不断地计算着数据，评估降落所需要的地形条件。

听见隆隆的飞机声，阿布洛哈村的老老少少都出门了。84 岁的吉

赵静经理与安东机长一行正在商讨飞行计划

尔么阿六因为病重，走不出门，是养老院的人把她抬到空地上，让她看大型直升机进村。吉尔么阿六在1962年患上了麻风病，1964年来到了康复村，一辈子没结过婚，无儿无女。到村里近60年了，她都没有出过村，哪里见过这样的大飞机。养老院的炊事员告诉我，那天看到飞机时，吉尔么阿六激动地哭了，还用她那双残疾的手，不停地击掌欢迎。掌声虽然早已被隆隆的飞机声淹没，但她内心奔流出来的声音，却久久不会消失。她一直击着掌，直到直升机远去……

飞机返回布拖降落时，已是下午五点。吃过晚饭，机组人员和赵经理立即商量第二天调运机械事宜。第一次运送机械，机组人员十分谨慎，大家仔细商量着怎么把挖掘机装在机身里。一台挖掘机有12吨重，一次只能运一台机器，第一次就要保证成功。

第二天，“巨无霸”从布拖起飞23分钟后，就降落在了阿布洛哈村的临时停机坪上。挖掘机缓缓地从机身里开出来的时候，在场的工人、村民都欢腾起来。不少人都拿出了手机拍照，这些照片顷刻间就传向了全国各地。我就是在那个时候，通过手机看到了大型直升机飞进村里的过程。后来几天，我每天都会通过电话询问村里的人，了解直升机运送机械的情况。

第二次运送采用了吊运——用直径3厘米的钢绳把机器吊在机身下方，这样直升机就不需要落地，也会节约一些时间。在这次飞行中，峡谷中的风很大，钢绳有好几十米长，直升机拖着12吨重的机械在空中盘旋，在狭窄的峡谷里穿行。地面的人望着飞来的直升机，心里都很忐忑。

飞机吊运着机械在峡谷上方飞行

潜孔钻机从直升机里开出

天气开始有些变了，乌云多了起来，机组人员马上意识到，原计划今天还要飞一次的任务，不能再执行了。下午 4 点，布拖开始下起小雨，晚上气温开始下降，半夜就开始下雪。赵经理早上起床的第一件事，就是在窗口看天，盼望天晴起来。他知道，飞机停在这里，什么都不干，也得花钱，而且这笔钱还不是小数目。但天公就是这样不作美，第一天雪没有停，第二天雪更大，一直等到第四天，才终于放晴。放晴的那天，赵经理非常兴奋，一大早就带领一批工人来到停机坪，爬上飞机扫雪。雪扫完后，太阳也出来了，机组人员经过评估后，又开始运送器材。

此次任务从 11 月 29 日直升机从广西梧州机场起飞，到 12 月 8 日下午 5 点返回梧州机场，刚好 10 天时间，一共飞行了 16 架次，飞行

天晴了，工人们为飞机扫雪

时间为 26 小时 48 分，采用机场开辟的临时起降点进行作业，以吊运和机降相结合的方式，共运送设备和物资 50.1 吨，其中挖掘机 4 台、空压机 2 台、潜孔钻机 2 台、装载机 1 台、发电机 1 台、桶装柴油 10 吨，顺利地完成了所有运送任务。

送走机组人员和直升机后，赵、冯两位经理总算松了一口气，那天晚上他俩都睡了一个好觉。

23 二十名专家现场“会战”

大型直升机把施工机械安全地运进了阿布洛哈村后，工程就多了一个施工的作业面。为了在月底前修通硬化路，两边都进行昼夜 24 小时连续施工，工地上同时施工的人数达到了 300 多人，40 多台设备参加了建设。

但很快，施工又遇到了新的困难：从村外向村里开挖作业面的最后一公里时，原计划是在悬崖边挖出一个 C 型隧道公路，但在掘进过程中发现，这段山体内部的岩石虽然很坚固，但表面岩石因风化严重而非常破碎，在施工的过程中，经常会发生垮塌，已经砸毁了 2 台挖掘机，还牺牲了 2 名工人。阿布洛哈村的村民看在眼里，痛在心里。

就在那段时间，我接到了阿达色贵的电话，他告诉我修路时发生了垮塌，石头砸坏了挖掘机，里面的师傅当场死了。他痛哭着说：“他们一定也有家，也同我一样有妻子和儿女。请你向领导反映，不要修这条路了！政府为我们这个村花了那么多钱，动用了大飞机，最近还死了人，我们全村人心里都很痛。反正我们走山路也习惯了。如果继续修路，还不知道后面会发生什么情况。”他这几句话让我不知所措，我只好答应他，有适当的机会就向上面说一说，转达他们的心意。

工地上有工人死亡的消息很快传开了。本来工人施工的强度就很大，又眼见着两个活生生的人转眼间就没了，好多工人都接受不了，提出宁愿自己赔偿一些损失也不干了，一些承包商也趁机提出了退场。没有人，工程几乎快停了。为了保证工期，盛通公司领导马上从其他地方调员工进场，同时向省交通运输厅和四川路桥总部反映。最后，省交通运输厅和四川路桥总部出面协调，抽调了 20 位专家赶到现场，这些专家里有修过世界级大桥、长隧道的教授、博士和工长。

在省交通运输厅公路局党委书记、局长许磊，副局长、驻点督导组组长胡厚池的主持下，专家们实地考察后，连续开了 5 次讨论会，最终确定了新方案。大家决定直接从悬崖内部打两个隧道，再架一座桥连接它们。但这样一来，不但要多花资金，而且要多费时间。但是从长远来考虑，这是最可行、最安全的办法。

采用这个方案，在 12 月 31 日前绝对通不了路，怎么解决村民在这段时间的出行问题？专家们又反复商讨，实地论证，最后决定从阿布洛哈村二组的崖岸到对岸架一套峡谷摆渡车。这个任务非常艰巨，摆渡车的跨度有 400 多米，要横跨金沙江大峡谷，同时峡谷呈“口袋形”，因此峡谷里不仅风大，而且风向很乱。更为棘手的是，架设摆

专家们在板房里商讨施工方案

渡车的时间只有半个月，这对四川路桥盛通公司来说又是一个严峻的考验。

12 月 15 日，凉山布拖项目组专门为这个任务成立了突击队，四川路桥盛通公司的党委书记和总经理亲自为他们授旗，架设峡谷摆渡车的工程就此拉开序幕。

突击队授旗仪式

24 又一次难忘的徒步

时间又回到2019年12月11日，这天，一支由凉山州副州长李永亮亲自带队，由央视四川站站长朱兴建及4名驻川记者、时任四川省交通运输厅公路局副局长胡厚池及四川路桥有关人员共同组成的徒步小队，带着各自不同的任务于2019年12月11日这天进村来了。

这支徒步小队共有十多人，其中女队员四人。走在下山路上，大家彼此搀扶，虽然也摔了些跤，但总算在预定时间内到达了阿布洛哈村。吃过简单的盒饭，大家便各自开展工作。

回程都是上坡路，考虑到同行的女士体力有限，村里特意从托运物资的马匹中匀出四匹，给了四名女队员。这样，男队员便可放心大胆地徒步先行。谁料，一名女队员刚骑上马背，就看见脚下的万丈悬崖，立即心生恐惧，只好下马徒步上山。虽然人们常说“上山容易下山难”，

凉山州副州长李永亮徒步到达阿布洛哈村后在工地用简餐

但真正走在这坡度接近 60 度的上山路上，对体力的消耗绝对不容小觑。刚开始，这名女队员还能勉强跟上队伍，但随着体力的消耗，越来越力不从心。到后来，她实在走不动了，只好一手拽着马尾巴，一手拽着同行男士递过来的竹竿，一边哭一边被拖着前行。最后，她用了近 4 个小时的时间，终于到达了山顶。看着她一瘸一拐的姿态，大伙儿真是又心疼又想笑。

这次徒步，进一步坚定了四川省交通运输厅、凉山州委州政府分两步走修筑阿布洛哈村通村公路的想法。第一步，2019 年 12 月 31 日前完成峡谷摆渡车的架设，初步满足阿布洛哈村村民借助摆渡车出行的迫切需要；第二步，2020 年 6 月 30 日前，完成剩下的最后一公里两个隧道加一座桥梁的施工，永久性地解决村民出行难题。从这一点，可以看出这轮脱贫攻坚的指导思想既有大干快上的强制要求，也有从实际出发、尊重科学的智慧和担当。

这次徒步，也让大家感受到了央视记者务实的工作作风和高超的策划能力。从这次徒步开始，在接下来的半个月时间里，他们又走了几遍这条悬崖路。而在接下来的半年时间里，他们多次驻守项目工地，跟踪拍摄修路过程，最终完成了纪录片《最后一公里》。后来，这部纪录片获得交通运输部“决胜小康　交通力量”全国交通微视频大赛特等奖。当然，这是后话了。

在这次徒步中，施工单位的收获也很大。如果说之前的现场踏勘解决的是总体施工方案问题，那么这次徒步则具体确定了两隧一桥的定点定位、峡谷摆渡车的索道重力锚点位、材料运输路线等具体问题。接下来的任务，就是加油干了。

25 摆渡车突击队

这次架设摆渡车，四川路桥总部派出了四川路桥华东公司刚修完“超级工程”雅康高速泸定大渡河特大桥的精英队伍。摆渡车突击队的代表从领导手中接过突击旗的时候，距离12月31日只有16天了，在这么短的时间内，要用钢绳架一套跨度达420米的峡谷摆渡车，谈何容易！阿布洛哈村没有峡谷对面那样的崖壁，靠峡谷边是较平的土包，怎样固定钢索？如何建立一个重力支撑点？根据专家的分析，必须在这个斜坡上建一个重力锚，钢绳要伸进里面20多米才牢固，这需要大量的水泥和碎石，工程量不亚于建一个小城堡。技术不是问题，但材料成了大难题。直升机运来的挖掘机可以就地开采一些碎石，但水泥和砂石只能用骡马驮进村。

伏冠西、邓迎春带队负责布拖岸的施工，郑勇、陶龙带队驻守峡谷

运送水泥和砂石的妇女

对岸，负责阿布洛哈岸的施工。他们几位庄严地宣过誓，毅然接过了突击队的旗帜。运送水泥和砂石的任务，原计划当天天黑之前完成，结果到了第二天凌晨才全部运到，因为这批水泥和砂石要先用汽车运到乌依山上的公路边，然后用马驮下阿布洛哈村。当马队人员到齐，开始往村里驮运时，已经是黄昏了。这些承担驮运任务的人都是村里和周边的一些村民，虽然他们在这条路上走过若干次，对每个弯道都很熟悉，但他们还是不希望走夜路。施工方的领队给每一个人都发了一把手电筒，希望他们能在天黑前多赶点路，早点把这些水泥和砂石送到村里。

马走起来很艰难，几乎不知道怎么下脚，有好几匹马在半路上怎么也不肯走了，直到把它们身上的四袋水泥取下两袋以后才肯往前走。一袋水泥重 50 公斤，本身的价格才 30 元钱，但是进村的运费就要花

100元。承担驮运任务的村民中有好多都是妇女，她们担心马走不动，还把水泥取下来自己背。但自己背的确也很累，为了马和人的安全，大家只好找一个适当的地点放一些水泥，等天亮后再来驮一次。这次运送的队伍拉得很长，等最后一位村民把水泥和砂石驮进村里时，已是凌晨一点。有几位妇女就在露天的工地旁边休息，天刚蒙蒙亮，她们又牵着马上山，去驮回放在山间的水泥。

本来摆渡车的钢索也计划用马驮运，但钢索有150公斤重，马根本驮不了。于是突击队员亲自上阵，把每根35米长的钢索盘成连续的3圈，3个人各自挂一圈在腰间，用双手提着，同步前进。他们从山上出发后，平时要走3个多小时的路他们走了6个小时。

建重力锚的碎石需要就地取材，但碎石机无法整体搬运到采石场。突击队就化整为零，先将碎石机拆成零部件，靠17个人，花了13小时，于夜间12点之前运到了采石场，再重新组装。

为了建摆渡车的重力锚，共用了35吨水泥、80立方米碎石和20立方米砂石。终于，在阿布洛哈村山坡上，筑起了一个厚厚的坚固崖壁。工人们要先把直径3.6厘米的钢索牢牢地嵌进重力锚内20米深处，然后再把钢索牵引到对岸的崖壁上。

摆渡车有两条主要的钢索，设计这两条钢索的工程师都是四川路桥集团建设过超千米跨度大桥的专家。他们按照旅游风景区缆车的标准进行设计，对每个细节都非常重视。四川路桥华东公司总工程师邓亨长亲自把关指挥。虽然他们设计的摆渡车速度较慢，但十分安全。

重力锚的材料问题基本解决了，但在两岸施工的难度却很大，因为

运钢索的突击队员

吊运摆渡车

崖锚和对岸现有的施工场所只有 3 米多宽，工地旁就是悬崖，地势十分险峻。作业的时候，突击队员把绳子绑在自己身上，将身体挂在悬崖边，就是在冬天的寒风中，内衣也会被汗水浸湿。

在施工过程中，突击队还不断采用倒拐施工的手段，因为在牵引系统中，倒拐的稳固性至关重要，它决定了整个牵引系统的稳定程度。常规的倒拐施工采取的是钢管混凝土浇灌，至少需要 3 天时间。突击队利用一根 6.5 厘米粗、4 米长的实心钢棒，采用孔注浆的方式，24 小时昼夜工作，将工期缩短了一天！

牵引工作准备就绪。摆渡车的承重索长达 1200 米，牵引过程中本应架索架，但时间和当时的环境已不允许了。突击队员在保证施工安全的前提下，灵活采用卷扬机加人工拉梢的方式，终于在 12 月 25 日完成了牵引任务。

这套峡谷摆渡车试运行的时候，突击队员们心里既紧张又激动。这半个多月来，他们流了不知多少汗，熬了不知多少夜，当摆渡车顺利到达对岸时，他们终于松了一口气。

26 摆渡车开通了

2019 年 12 月 31 日，也就是这一年的最后一天，刚吃过午饭，我就迫不及待地守在电视机前。夫人问：有重要的新闻吗？我说：央视新闻频道要直播阿布洛哈村通路的情况。于是夫人放下了正在洗的碗，和我一起坐在了电视机前。

电视里一幅幅熟悉的画面在我眼前展开，再加上主持人的介绍，让人感到是那样的亲切。那天村里的人都穿上了新衣服，显得十分精神。突然间，我见到了地九尔色。他同我是同年生，他的母亲在 20 世纪 60 年代患上了麻风病，带着他进了村。母亲死后，他就一个人生活，没有结过婚，因为在这里要找伴侣很困难。我送过他好几件新衣服，他都舍不得穿，但就在那天，我从电视里看见他穿上了新衣服。

我又看见了且沙次干。15 年前，我拍过他身上绑着羊乘溜索过河

摆渡车开通了

的照片，让许多人知道了这条出村的路有多难走，而这条路他和他的祖辈已经走了 50 多年。如今，他们的儿女再也不会那样过河了。我很想知道，他此刻的心情会是怎样。我看见他们一家都到了现场。要知道，他们家在河边的三组，到峡谷摆渡车要走很远的山路，为了见证通车这一盛况，他们一定一大早就出发了。

摆渡车还在准备中，对面山坡上早就站满了村民，摆渡车一启动，他们就开始鼓掌。摆渡车长 3 米，宽和高都为 2 米，长得就像旅游风景区的缆车箱，一次能坐 10 个人。20 分钟后，摆渡车顺利到达了阿布洛哈村，山坡上的村民顿时欢腾起来。央视记者庞丁不停地介绍着修这条路有多难，以及这条路修通后将给这个村带来多么巨大的发展。

摆渡车停稳后，一辆农用三轮车从车厢里开了出来，这是村里的第一台农用三轮车。紧接着，一位村民赶着一只羊上了摆渡车——那只羊很肥，在集市上一定能够卖个好价钱。从赶羊过河的方式的变化，我感受到了阿布洛哈村的变化：那只羊再也不会被吊在人的身上过河了，再

羊登上了摆渡车

也不会在奔腾咆哮的河上叫喊了，再也不会受身上捆着绳子那份罪了。20 分钟后，摆渡车安全到达了对岸，羊的主人赶着羊，自由地奔向了集市。

镜头转向了我的学生阿达么友杂，她是林川小学的第一批学生之一。当时 7 岁的她就能在单杠上一口气拉十多个引体向上，而且每一个都十分标准，让运动员出身的我都感到十分惊奇。如今，她已经有 2 个儿子了。她告诉记者，路通后的第一件事，就是去布拖县城买一双高跟鞋，25 岁的她，没有穿过那种时髦的鞋子。没想到，央视的实习生甘郅爱在通车的那天就给她送上了一双盼望已久的高跟鞋。在小甘把鞋交到她手中的那一刻，我的眼睛突然湿润了。我知道，这个村里的许多年轻人都同阿达一样，有许多的愿望，如今路通了，这些村里的人过去不会想也不敢想的愿望，将会逐渐变成现实。

就在这个时候，我的手机响了起来，村里人发来了许多照片和视频，他们的激动和高兴少不了让我分享。我读着这些信息，想起那些已经故去的麻风病康复者。他们若能看见今天这些场面该有多好！党和政府、社会各界没有丢下他们，当年他们为了外面人的身体健康到深山隔离生活，做出了巨大牺牲，如今他们的孩子终会得到回报。

就在这大喜的日子，就在摆渡车直接通到村委会门前的时刻，我拿起笔给阿布洛哈村的全体村民写了一封信。我满怀激动地写道：希望你们牢记党、政府和各界人士的关心和关爱，以后要用自己的双手，把家乡建设得更加美好，以实际行动来向党和人民汇报。这封信是通过微信发给在现场的四川日报首席记者梁现瑞的，他当天就配上了文和图，以

《阿布洛哈村通车“光明使者”林强第一时间发来祝贺》为题发在了《川报观察》的新闻版块。

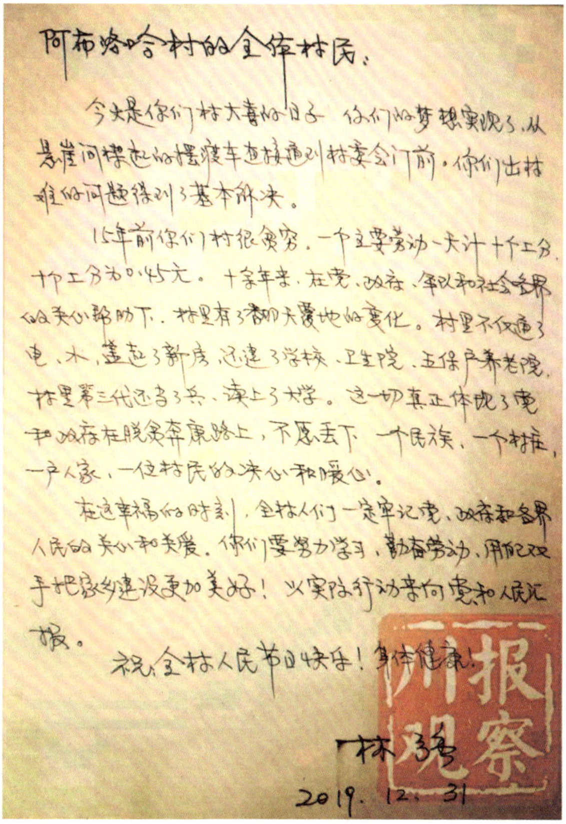

阿布洛哈村的全体村民：

今天是你们村大喜的日子，你们的梦想实现了，从悬崖间楼起的摆渡车直接通到村委会门前，你们出村难的问题得到了基本解决。

15年前你们村很贫穷，一个主要劳动一天计十个工分，十个工分为0.45元。十多年来，在党、政府、军队和社会各界的关心帮助下，村里有了翻天覆地的变化。村里不仅通了电、水，盖起了新房，还建了学校、卫生院、五保户养老院，村里第三代还当了兵、读上了大学。这一切真正体现了党和政府在脱贫奔康路上，不愿丢下一个民族、一个村庄、一户人家、一位村民的决心和暖心。

在这幸福的时刻，全村人们一定牢记党、政府和各界人民的关心和关爱，你们要努力学习，勤奋劳动，用自己双手把家乡建设更加美好！以实际行动来向党和人民汇报。

祝全村人民节日快乐！身体健康！

林强

2019.12.31

给村民的祝贺信

在直播将要结束的时候，全村的人和施工人员一起跳起了彝族的达体舞。他们还拉出了一个红色标语，上面写着：“通村道路瓦吉瓦（彝语‘好得很’），习总书记卡莎莎（彝语‘感谢’）！”

“通村道路瓦吉瓦，习总书记卡莎莎！”

27 摆渡车挽救了他的生命

2020 年的春节在公历 1 月份，我想在春节前回一趟阿布洛哈村，去感受一下摆渡车带来的方便。十几年来，我都是从乌依山走下村的，仔细算来，那条路我已经走了 20 来次了。

1 月 14 日一大早，我同四川日报的记者尹钢和王云从成都出发了。他们因为报道阿布洛哈村，曾多次走过悬崖路，对阿布洛哈村也非常有感情。不到下午 5 点，我们到了布拖县城。

晚上，我告诉了阿达色贵我第二天要去村里，还给他带去了他们一家期盼已久的照片。阿达色贵是林川小学的第一批学生之一，年龄比较大，在上学前就订了娃娃亲，刚读了两年小学就结婚了，不得不离开学校。2008 年，他妻子生下了第 1 个儿子。2010 年初，他带着妻儿外出打工，在山西又生下了第 2 个孩子。这个孩子生下来就有病，他给我打

阿达色贵因订了娃娃亲，上了两年学就结婚了，不久就生了第一个孩子

来电话，告诉我他们要回阿布洛哈。他们回到成都的时候，我到火车北站去接他们，一见到他满脸的疲惫，闻到他一身散发出的酸臭味，就知道他们这一趟很辛苦。我安排他们在成都住了一夜，吃饭的时候还给他们和刚生下的孩子拍了一张照片。告别的时候，我给他留下了2000元钱，让他给孩子治病。然而遗憾的是，7天以后孩子就死了，甚至连名字都还没有。夫妻俩很伤心。时隔多年，他们希望我把那张照片送给他们存念。

这次我特意制作好了照片，并把这一消息告诉了他。可惜阿达色贵不在村里——他和他的两位哥哥到德昌县城附近的农村去了，他们想花钱买下那里的一套房子。看好的房子大概要花20万。他哪里有那么多钱，但为了儿女能够受到更好的教育，有更好的发展，他还是先咬咬牙交了定金。

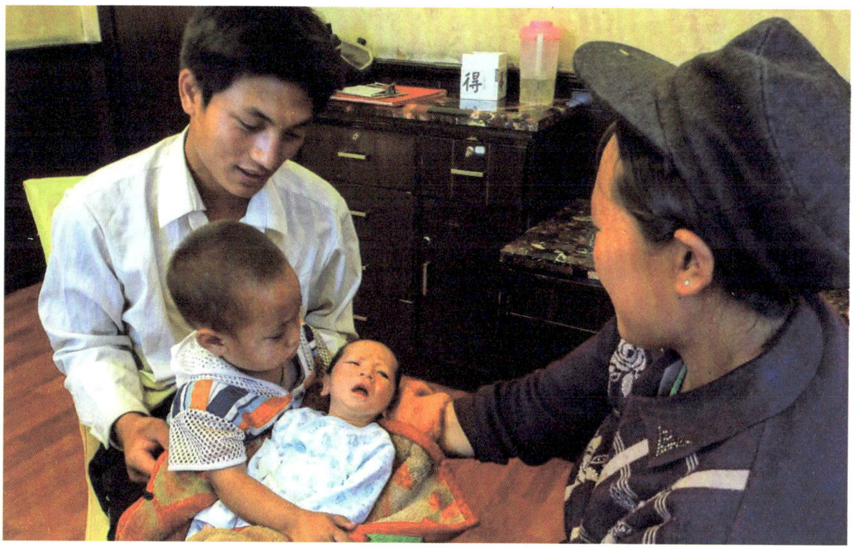

色贵的第二个孩子生下来不到一个月就因病去世了，这是他们唯一一张合照

第四天，我们8点准时从布拖县城出发，10点就坐上了摆渡车。车很平稳，我们3人在车里有说有笑，20分钟就到了对岸。过去从乌依乡走下去，得要4个小时，现在坐上摆渡车，又省时又省力，真是太方便了！

一进村，我们就看见村民带着自己的小孩在候车站边玩耍，孩子们开心地跑着，玩着气球，脸上比以前干净多了，大人脸上的笑容也多了起来。再一了解，村里已经有了小卖部，他们买一般的日用品不需要像过去那样上山下山了，他们的生活已逐渐开始与外面的世界接轨。我找到了阿达色贵的妻子，把照片给了她。中午在村里吃过午饭后，我继续寻找村里的变化，拍了许多照片。当天，我又乘摆渡车和汽车返回了布拖县城。

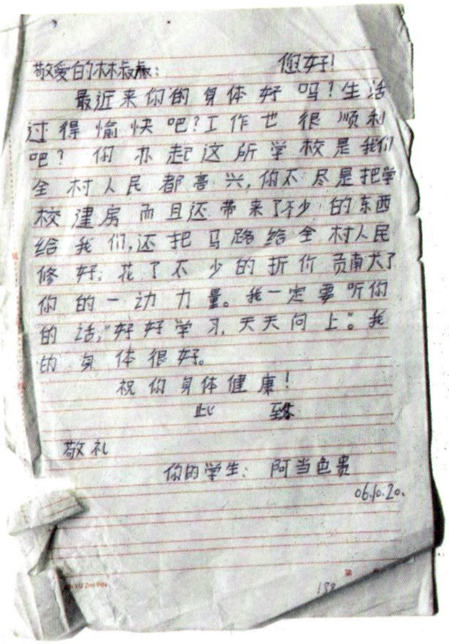
敬爱的林叔叔：　　您好！
最近来你的身体好吗！生活过得愉快吧？工作也很顺利吧？你办起这所学校是我们全村人民都高兴，你不尽是把学校建房而且还带来了不少的东西给我们，还把马路给全村人民修好，花了不少的折价贡献大了你的一功力量。我一定要听你的话，"好好学习，天天向上"。我的身体很好。
祝你身体健康！
此致
敬礼
你的学生：阿当色贵
06.10.20.

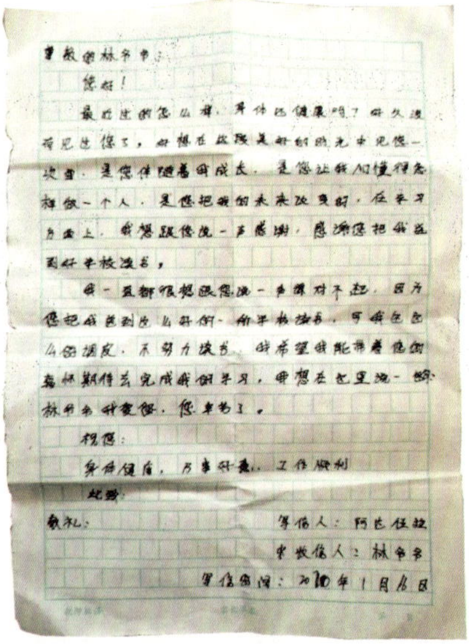

2006年色贵给我的第一封信，14年后他的儿子阿达伍拉又给我写了一封信

就在我要离开的那一刻，阿达色贵的儿子阿达伍拉悄悄地给了我一封信。那封信写得很动情，字写得很工整，他代表村里能读上初中的同学表达了对我的感谢。我看着那封信，脑海里又浮现出他父亲14年前十分羞赧地给我第一封信的场景。时间过得真快，现在他的儿子都上初中了。

遗憾的是，这次没有见到阿达色贵，但我们通了很长时间的电话。我了解到他这次要在外面买房子是下了决心的，但也有很大的压力。

他从德昌回来以后，心里总是闷闷的：买房子还差8万多块钱，这对他来说不是一个小数目。他到处找亲友借钱，但去了好几家都空手而归。那天回来的时候，从来不喝酒的他在小卖部买了一瓶白酒，喝了一半就昏沉沉地躺下了。半夜，他觉得口干，便起来找水喝。本身就还没清醒，加上又没开灯，他竟误拿了一瓶农药，大口喝了下去。当妻子发现的时候，已经叫不醒他了。那时他们一家哭声一片，亲友们都赶了过来，一面给筑路工人打电话，一面打着手电筒，三人轮换着把他背到了摆渡车口。

这个时候，四川路桥盛通公司的值班员已经叫醒了摆渡车司机，又打了120。县医院立即派出了救护车。摆渡车到达对岸后，大家迅速把阿达色贵搬上了项目部的皮卡车。这时已经是凌晨1点了，山间已经开始起雾，但为了救人，车速仍比平时快了很多，司机全神贯注地注意着前方每一个弯道。同时，救护车也从布拖县城飞奔而来。40分钟以后，它们在拉果乡相遇。两位亲友把阿达色贵抬上了救护车，车子立即往县医院飞奔。到县医院后，医生马上给阿达色贵洗胃、治疗、输液。终于，在早上8点，色贵醒了过来，一条生命就这样延续下来了。

后来，听村里的人说，如果没有这条路和这个摆渡车，没有筑路工人及时帮忙将他抢送到医院，这条生命就会同13年前的伟史么有外一样，因为得不到及时救治而逝去。

半年后，我问起色贵这件事，他说："我真不是想死，只是当时心里很烦。现在我要感谢这条路，感谢这个摆渡车，要不然我的孩子就再也见不到爸爸了！"

28 最后一个隧道打通了

2020 年 1 月 18 日，当我从阿布洛哈村回成都后，新冠肺炎疫情已在全国悄悄地蔓延。那段时间，我几乎不出门，每天都通过手机、电视了解疫情的变化和发展。当我得知四川路桥盛通公司的施工人员大年初三就赶赴凉山，阿布洛哈村公路项目正月初七就全面复工时，我真是打心眼里敬佩他们的敬业精神！

盛通公司的这支队伍很年轻，平均年龄不到 34 岁。他们知道，虽然摆渡车已经通向了阿布洛哈村，暂时解决了村民的出行问题，但真正要把汽车开进村里，还需要打通两个隧道，再架一座铁桥，时间非常紧，任务也很重。因此，这些年轻人过完年就告别了家人，奔赴了施工现场。

胡伟是阿布洛哈村公路项目的工程师，在项目开工之初就告别刚刚出生的双胞胎和正在坐月子的妻子，来到阿布洛哈村。其间，他爷爷因

施工人员手持 3.5 米长的钻机，一个班要钻 4 个小时

病去世，他也未能赶回去。这一次，他大年初三就告别了妻子，从泸州出发，大年初五就赶到了阿布洛哈村的施工现场。为了做好施工准备，他仔细地检查了每个施工设备，召集施工人员开会。他们这几个月的主要任务是打通隧道。打隧道都是24小时作业，每人每天要上两班，每班钻眼4个小时，放炮出砂2个小时。我到隧道里去过两次，也亲眼见证了工人的辛苦：施工人员要手持100多斤重、3.5米长的钻机作业，钻机在崖壁上旋转、震动时，工人要紧紧地握着钻机，两腿要稳稳地支撑。在4个小时的工作过程中，他们的脸上布满了汗水，这些汗水一部分洒在了钻机上，一部分顺着脖子流进了胸背，与身上的汗水混在一起。他们的内衣全都被汗水浸湿，然后又被体温烘干。一个班下来以后，他们的内衣上都会出现白色的盐——难怪项目部的菜都很咸，原来是为了补盐。钻完孔后，工人在钻好的孔里装上炸药，离开现场，待爆破后再进场，用挖掘机把爆破出来的砂装运到运砂车上，运出洞外。一个班一般要运13车，完了以后第二班又进场。

我与施工工人们

几个班下来后，工人的双手、双腿都十分酸痛，甚至手都很难举起来。但他们顾不上休养，稍作修整后，又要投入下一场劳作。

2020 年 5 月 12 日，我同四川路桥盛通公司党委副书记、工会主席向云琼来到阿布洛哈村，当时最长的隧道离打通只有 20 米了。为了记录下工人施工的辛苦场景，我戴上安全帽，在宋镜和胡伟的陪同下进入了隧道。从隧道口到隧道里的施工现场有 600 多米，因为灯光很暗，他们让我空着手，他俩一个背着我的摄影包，一个扛着我的脚架前进。我发现隧道很宽敞，大概有 7 米高、6 米宽。我一边走一边问，想多了解他们当时施工中的一些细节，他们最难忘的是什么。宋镜告诉我，在一次深夜回宿舍的时候，他突然发现自己的帐篷被大风刮翻了，里面的衣服被风吹得满地都是，碗也被吹走了。时值半夜，他只有借着电筒的光重新搭好帐篷，把被刮跑的衣服简单收拾一下，然后和衣而睡。

当我们渐渐靠近施工现场时，施工的隆隆声和它在洞里产生的回音越来越大，慢慢淹没了他们的讲话声。我便拿起了相机，开始记录他们工作的场景。施工领班大声地对我说，明天洞子就会打通了。我说，明天我会再来见证你们打通洞子的时刻。

他们在施工现场搭了两层铁架，供施工人员站在上面。我为了真实地记录他们施工时的场景，也想爬上铁架。正当我要往铁架上爬的时候，宋镜和胡伟拦住了我。于是，我只好在下面仰拍上面的场景。我知道，越是在最后阶段，他们越会注意施工的安全。

我在里面停留了10来分钟，他们便催我出去，因为里面空气不流通，粉尘也很多。我想，我才在这里面待了 10 多分钟，他们这些工人每一个班就要钻 4 个小时，一个人一天要干两班，该有多艰苦。我真是敬佩这些年轻人！

本来我想等着见证隧道被最终打通的那一刻，但突然接到电话，必须马上赶回成都。在赶回成都之前，我再次进入隧道，给最后一班工人照了相，并一起合了影，以这种方式表达对他们的敬佩和鼓励。当我的车到达西昌的时候，我突然收到他们发来的照片——隧道打通了！

打通的隧道

29 皮卡司机白余腾

阿布洛哈村通村公路项目部只有一辆皮卡车，这辆车不仅要负责后勤保障，还会因各种突发情况被临时调用。司机叫白余腾，中等个子，年龄在40岁左右，是巴中市顶山镇羊凤乡人。2017年他被四川路桥盛通公司聘用时，有15年驾龄的他，已经安全驾驶了50万公里。

2019年6月，他加入了阿布洛哈村通村公路的建设。他像士兵爱惜武器一样爱惜他的车，总是把车擦得干干净净，这在尘土飞扬的工地上实在难得。他每次出车前都会仔细检查车况，就像担心自己的孩子一样担心车在半路上出毛病。我坐过好几次他的车，是辆江西生产的五十铃皮卡车，虽然车里的设备很简陋，但他把车里的座椅调整得很人性化，让坐在里面的人感到舒服。

他在这个项目上待了一年的时间，也是在阿布洛哈村与布拖县城

这条通往阿布洛哈村的公路，白师傅跑了不下 200 次

间往返次数最多的人，大概有200次。拉果乡那条路弯道特别多，不到10公里就有60多个弯，汽车只能慢慢前行，因此阿布洛哈村到县城70公里的路单边就要两小时，跑一个来回就要半天。

阿布洛哈村修路和建房时，最多的时候有300多名工人，这些人的生活保障物资都是白师傅开着这辆皮卡车去采购的。他每天都会去布拖县城买肉买菜。从阿布洛哈村出发，开上5公里就要翻山。乡村道路很窄，他最怕的就是跟大卡车错车。有时为了错车，要倒车到宽一点的地点，一退就是几百米，真是考验耐心和技术。好在白师傅的技术好，有几次为了给大车让路，他的车轮甚至都悬在了悬崖边。每次错车后，大车司机都向他鸣笛致敬。

修建摆渡车的那段时间，白师傅几乎每天都要去布拖县2次，有一天甚至跑了3次。那段时间，为了缓解疲劳，他在车上备了几箱“红牛”，有时“红牛”也不管用，就擦风油精。

阿布洛哈村的许多村民都坐过那辆皮卡车，都认识那个开车的司机，却不知道他的名字。在摆渡车通车之前，阿布洛哈村三组和四组的村民去县城时，往往要先走2小时的路到项目部，为的就是搭他的便车。如果没有白师傅和皮卡车，村民就要走4个小时的山路到乌依乡，然后乘公共汽车去县城。对村民来说，坐上皮卡车既节约了时间也节省了车费，所以那辆皮卡车与白师傅就成了村民的“救星”。

在这一年里，白师傅在这条路上来回驾车上百次，以至于对这条路的每一个弯道和路两旁的每一处建筑都很熟悉，当然也留下了很多故事。

有一次，工地上的一名工人因高空作业摔下，脚踝骨折，得马上送医院。当时已是晚上 7 点左右，正下着雨，路很滑。而去拉果乡的那段山路，一路上都有飞石。就在一弯道处，车刚转过弯，山上就掉下几块大石头，如果再晚 10 秒钟，石头就会砸到车上，后果不堪设想。

4 月正是这里下春雪的时候，海拔 3500 米的解放沟，风雪很大，路上到处都有暗冰，雪地上凝结着像桐油一样的冰，很滑。当时，有许多大车都停在路边不敢前行，有些司机为了赶路，都在车轮上加了防滑链。这个时候，受伤的工人因疼痛而发出的呻吟声越来越大，使白师傅丝毫不敢耽误时间。好在这辆车是四轮驱动，而且白师傅过去开过大货车，也有开冰雪路的经验。他全神贯注、小心翼翼地开过那

皮卡司机白余腾在雨中修车

段很滑、能见度很低的路，终于松了一口气。他把受伤的工人送到西昌骨科医院时已是深夜 12 点。白师傅在车上睡了 5 个小时，天晴了，他又迎着朝阳回到了阿布洛哈村。

阿达色贵因醉酒误喝农药的那一次，也多亏了白师傅送得及时。他那晚接到消息后，立即把车开到摆渡车前等候。等阿达色贵和他的陪护人上车后，车立即奔向了布拖县城。40 分钟后，他的车就与县医院的救护车在拉果乡相遇。把阿达色贵送上救护车后，白师傅回到项目部时已是凌晨两点半。第二天，他在开着车去布拖的路上得知阿达色贵被抢救过来的消息后，长长地舒了口气。

因为长期超负荷运转，白师傅的车经常会出问题。如果是小毛病，他都自己修，自己买零件换，这样既节省时间，又少花钱。长时间的相处，让他对这辆车产生了深厚的感情。他几乎熟悉这辆车的每一个零部件，什么时候该换油，什么时候该加水，什么时候该换一个新的配件，他都可以预料到。这一年来，他与车相处的时间，远比和家人在一起的时间多。而这辆车似乎也懂感情，与他配合得很好，为这次通村公路的建设贡献了力量。

30 布拖项目部的全能姑娘

四川路桥盛通公司为了保质保量地完成布拖县脱贫攻坚阶段的工程任务，在县城边建了一个项目部，负责布拖县 8 个项目的协调和后勤保障工作。其中，阿布洛哈村通村公路是所有项目中最艰巨的项目。

项目部设在县城的南边，院坝里停了不少工程车。靠左边有一排板房，那是他们的伙食团。这里的饭菜很好吃。两位炊事员都是“女将”，对人热情，干事也非常利落。我几次去布拖县城都会在项目部停留。我有一次晚上 10 点到布拖县城后，本想在外面找个地方吃饭，后来得知项目部的炊事员一直在伙食团等我，便驱车直奔项目部。大冬天，她们送上了热气腾腾的饭菜，那一刻我真是感到无比温暖。

负责整个项目部后勤、接待、宣传工作的是一位叫陈菊的姑娘，毕业于眉山职业技术学院，工作了 3 年。来项目部的人很多，都是她

陈菊只要有时间就在厨房里帮炊事员干活

安排接待。特别是大型直升机在布拖和峡谷摆渡车通车的那段时间，她每天都要工作十几个小时。她在手机里建了一个备忘录，把每天要做的事都记在里面，生怕忘了哪一件事，给项目带来损失。我好几次见到她时，她都在忙着接电话，一个电话刚完又接到另一个电话。接完电话以后，她马上又下厨房帮厨。大型直升机在布拖的时候，她每

陈菊和她的同事正在为第一线的工人包饺子

天中午都要去给现场的工作人员送饭。增加的这 50 多人的饭菜，让陈菊忙得不可开交。为了减轻炊事员的负担，她每天一大早就要去县城帮忙采购，买回来菜后还要负责清洗。几天下来，她的手就变粗糙了，开始裂口，她只好在县城买了一些擦手的油，熬过了那段时间。

2020 年 4 月 18 日，陈菊突然接到盛通公司的通知，机关部门要组织党员服务队深入一线，要让机关的同志亲身感受阿布洛哈村项目的艰苦，增强上下齐心、共振干事的气氛。这一行 12 人的吃住行，以及每天的活动安排都落在她的身上，让她压力很大。陈菊跟带队的人商量后，第一天晚上就安排机关的同志入住阿布洛哈村项目部的板房，让这些同志对这个项目有切身体验。第二天，陈菊天不亮就起床，趁机关的同志正在阿布洛哈村实地了解安居房，她就在项目部的伙食团准备为建筑工人包饺子的材料。清晨的气温很低，切菜、调馅，使她的手冻得通红。当她把包饺子的材料准备完毕后，机关的同志正好从工地上返回，大家便一起为工地上的工人包饺子。1 个小时后，服务队的同志将热气腾腾的饺子送到了工地上。当工人们大口大口吃着暖心的饺子时，陈菊和炊事班的同事又开始在项目部做善后工作。

有的人，即使是长期相处也不会给人留下深刻印象；有的人，哪怕只见过一次也会终生难忘。陈菊就是这样一个见过一次就终生难忘

现场施工人员吃光了陈菊他们送来的饭菜

的人。我离开阿布洛哈村的时候，她会从其他人那里了解我出发的时间，计算好我什么时间可以到布拖县城吃饭；我到西昌去时，她会在我到达西昌之前就用短信把订好的酒店信息发到我的手机上。总之，她是一个把一切都替人想得很周到的人，我希望下一次能在布拖县再见到那张朴实、热情的笑脸。

31

独胆记者江宏景

江宏景是新华社四川分社摄影部主任。我认识他是在 2015 年的 12 月初，当时他因为要用图片对比的方式反映阿布洛哈村十年的变迁，专程到了我办公室找我。我向他全面地介绍了阿布洛哈村十年来的变化，并给他提供了十多年前我拍摄的照片。

尽管这十年间，阿布洛哈村在党和政府的关心下已经发生了巨大的变化，村里的人也逐步与现代社会接轨了，但真的要下到那个村里，从成都出发，一般仍需要三天。时值 12 月，布拖的乌依乡很冷，虽然悬崖路加宽了，又有梯步路，但要走下去，还是得出身大汗。当时布拖到乌依乡的公路正在修建中，要想到乌依乡只有一段一段地搭车，有时遇上修路，只能搭老乡的摩托车。江宏景就是一个人搭了一段路的摩托车后，才到达乌依乡。

他从成都出发后，我算好他到乌依乡的时间，安排我的学生阿达色贵到乌依乡去接他。他俩互不认识，很费了一番周折才见上了面。色贵是我这批学生中最能吃苦又最善良的一位，他见到江记者后说的第一句话就是：“是林爸爸叫我来接你的，以后这几天我都会跟着你，为你在村里工作服务。”

那天乌依乡正在下雪，山上白皑皑的一片。一路上，江宏景背着摄影包，手上拿着相机，一边走一边拍照，色贵则背着江宏景的行李和摄影脚架。三个多小时后，他们就到了村里。有了色贵的帮助，江宏景的采访方便多了。他在村里住了三个晚上，拍摄了学校的许多变化，拍摄了村里五保户集居点麻风病康复者的生活，拍摄了村民的新房和通电通水后的照片。他把这次拍的照片与我十年前拍的照片做了对比，并写了

江宏景正在抓拍施工人员工作的场景

一篇文章，叫《夜宿阿布洛哈，话十年变迁》。

文章在新华社客户端发出来后不久，他兴奋地告诉我，其阅读量已超过千万。我还记得那篇文章的结尾是：村民所有的希望，就是能有一条通往外界的便捷公路……

5 年来，江宏景与那条便捷的公路结下了不解之缘。他一共去过 10 次现场，基本上都是独行。公路开工的时候，他去了；大型直升机吊运修路机械的时候，他在现场；开山爆破的时候，他正在选定的有利位置拍摄照片；最后一个隧道打通的那一刻，他向我发来了第一张报喜的照片；峡谷摆渡车要投入运行的时候，他在那里坚守了一周的时间，第一个发出一组峡谷摆渡车的图片，告诉全国人民修这条路有多难，告诉大家政府为修这条路花了巨资，也告诉大家，阿布洛哈村的村民从此再也不用走那条悬崖路了。

从 2003 年初次知道阿布洛哈村到现在，17 年了，我共去了 23 次，真正走通四个组的只有 6 次。江宏景在短短 5 年时间，3 次走通了全村的四个组。我知道走通这条路有多难，每次都不亚于跑一个马拉松。我记得 2007 年四川电视台的一位年轻编导随我去村里采访，走悬崖路时，没有拿任何行李，还拄着拐棍，双腿都在发抖——确实是被吓坏了，最后坚持了 4 个小时，到了学校后才松了口气。第二天，她肌肉的反应很大，几乎迈不开步。但她很敬业，一定要到三组，还要像我那样坐溜索过河。为了安全，我找了一个人扶她。尽管如此，坐溜索的时候，她还是被吓哭了，过了河就再也走不动了，靠着村民把她背到了金沙江边，才搭上了车。她曾向我说过，那段经历，永生难忘！

江宏景多次来到西溪河边

今年我同江宏景两次在阿布洛哈相遇，我发现有许多村民都认识他了，都叫他“江记者”。有几个村民还说他和我一样，每次来都挂着相机，并且那些相机真管用，拍出来的照片都能说话，能帮他们改善生活。

这几年，江宏景还同我去过凉山州的甘洛县葵花村（另一个麻风病康复村），我们一起在那里记录了一位参加过解放战争的老军人冯万才与一位麻风病康复者一起生活六十年的故事。2018 年的一天，92 岁的冯万才在黄昏时分牵着妻子的手在门前散步的场景，真的是催人泪下。我们有幸记录下了那一刻。如今，冯万才老人已经去世，但他挂着军功章，向我们敬礼的场景，以及他对我们说的“一日夫妻百日恩，百日夫妻比海深”那段话，将会在我们心里永存。

一个记者，一次下到阿布洛哈村是为了任务，两次是为了工作和体验，三次、四次、若干次，就是出于一种责任，一种使命。江宏景，就是这种有责任感和使命感的记者。

32 一堂党课

2020 年 7 月 1 日，是中国共产党的 99 岁生日，各级党组织都在开展庆祝活动。四川路桥集团组织了“书记讲党课”竞赛活动，还请了省委党校的领导和有关部门的党务工作专家当评委。参加活动的全是集团二级公司的党委书记。经过预赛，从 34 名党委书记中选出了 12 名书记参加决赛。决赛时，我被邀请参加了活动。活动组织得盛大而严肃，在场的人都穿着正装，参赛者胸前都佩戴着党徽。每个参赛的党委书记都要在 10 分钟的时间内，用有感染力的语言表述我们党为人民服务的宗旨，介绍党领导人民取得的发展成就。我看见要上台演讲的书记都在一些过道和角落里积极地准备。经过抽签，第一个上台演讲的就是四川路桥盛通公司的向云琼副书记。她说，如今的书记，不但要上台讲，而且要带头做，说出去的话要像射出去的箭。我听了很受触动，认为这些话都是发自她内心的。

我和向书记是 2020 年初相识的，因为四川路桥盛通公司正负责阿布洛哈村通村公路和村里安居房的建设。她作为盛通公司的党委副书记兼工会主席，最关心的是员工的工作和生活，因为这些员工大部分都是 20 多岁的年轻人。向书记和公司的团委书记雷蕾几乎每个月都要去工地，只要一去就会为员工解决一些实际问题。员工们都非常喜欢她。

在演讲中，她也讲述了她的那些经历。她演讲的题目是“躬身入局，其义自见”。她告诉大家修阿布洛哈村这条公路有多难、有多险，正是这种难和险，证明了我们国家在扶贫的道路上不丢下一个民族、一个村庄、一户人家的决心。她亲眼见证了公司里 80 后、90 后的大

向云琼副书记讲党课的场景

党课竞赛获奖人员的风采

男孩是怎样变成男子汉的。她介绍道，在阿布洛哈村争分夺秒抢工期的那段时间，工人们每天工作 16 个小时，住在简陋的帐篷里，一个月不能洗澡；有时候帐篷被风掀起，被子挂在树上扯都扯不下来。这些困难都没有阻挡他们修通阿布洛哈村通村公路的决心。演讲时，向书记展示了很多摄于15年前的村里的照片，这些照片都是我提供给她的。她在台上讲得很动情，200多人的会场几乎鸦雀无声，连一根针落地都能听见，但10分钟后，当向书记结束演讲时，全场响起了热烈的掌声。向书记获得了这次党课竞赛的一等奖。当我向她祝贺时，她很谦虚，说都是因为有我的照片相助，是向我学习的结果。

向书记在党课里是这样讲的，在现实中也是这样做的。2020年6月30日，阿布洛哈村搬新房的那一天，她带着四川路桥盛通公司的一批年轻人，冒着40℃的高温，走了1小时的山路，就是为了去慰问一位76岁的麻风病康复者吉几尔合。两个月前，我跟她讲述了吉几尔合的故事，此后她便一直牵挂着这位老人。吉几尔合在1965年因患麻风病到了阿布洛哈村，治愈后双腿残疾，再也没有出过村。向书记给他准备了2000元的慰问金，还准备把吉几尔合用担架抬出来，

四川路桥盛通公司向云琼副书记给70多岁的麻风病康复者带去了慰问金

让他看看外面的世界。那天，当我带着向书记和四川路桥盛通公司的同志来到吉几尔合的家后，向书记亲手把慰问金交到了吉几尔合的手中，并关切地问了许多问题。吉几尔合不停地道谢。随行的年轻人把担架摆在了吉几尔合的门前，争先恐后地要抬吉几尔合去看看村里新建的住房和宽敞的柏油路。就在这时，吉几尔合说："你们这么多人要抬我出去，我实在受不起。我在电视里已经看见了新修的房子和通进村的交通车，感谢政府了，感谢你们了。"他是怕我们一行人抬着他走那段山路会受不了，因此再三推辞。我明白老人的意思，于是我们便尊重了老人的意愿。回来的路上，我同这些年轻人说道："15年前，村里实行的还是集体劳动制度，一个村民劳动一天的收入还不到5毛钱；人与牲畜同住，住的房屋都是石头和土垒起来的草房子。如今，他们的收入已经增加了几十倍，生活也发生了翻天覆地的变化。你们把路修进了村，又给村里建了新房，让这批老一辈的村民和他们的子孙再一次感受到了党和政府、社会各界对他们的关心与关爱。"

听到这里，向书记饱含深情地对大家说："今天我们真是上了一堂鲜活的党课啊！"

CHAPTER 05

第五篇

新时代

33 驮羊过河的照片火了

2020 年 6 月 30 日，随着四川乡村客运“金通工程”的小黄车驶入阿布洛哈村，这个村不通公路的历史彻底结束了。它是全国最后一个通公路的建制村，各大媒体都相继进行了报道。为了证实修建这条路的艰辛，许多媒体都采用了今昔对比的方式呈现阿布洛哈村的变化，那张 14 年前且沙次干驮着羊过河的照片被放到了显眼的位置。一位新华社的记者告诉我，那张驮着羊过河的照片拍得很精彩，刚发出去就有上千万人浏览。大家都觉得那样奇特的驮羊方式实在是太少见了，纷纷打听那里的人们过去的生活状态是什么样的。

26 岁的且沙次干把生产队的羊运出去的时候，必须要过西溪河。当时西溪河还没有桥，只有一条 150 米长的溜索。过了溜索后，还要赶着羊走两个小时的山路，才能到金沙江边的一个石子坝镇。卖了羊，

2006 年我拍下的且沙次干驮着羊过河的照片

便用卖羊的钱给村里的人买东西。我见过他用羊换回来的东西，有盐巴，有煤油，还有镜子、电筒、打火机和刀伤药等日用品。村主任会把这些物品分给每个生产组，组长再把这些物品分到每户人家。

当时村里最主要的财产就是 8 头牛、2 匹马和 80 余只羊，它们都是村里集体喂养的。每两个月，村主任会算好日子，安排一到两名村民去赶场。赶场的任务就是将村里的羊赶到金沙江边的石子坝镇去卖。

26 岁的且沙次干和另一位青年承担了那次卖羊的任务。

天刚亮，且沙次干两人就赶着羊来到三组。三组在河谷的最低处，海拔比成都还低。时值 5 月，天气很热，我住的生产队保管室不透气，热得根本无法入睡，我只能睡在露天的地方。

且沙次干两人赶着羊从我身边走过时，我意识到我该去记录他们过河的场景。我看见村民不停地给他们打招呼，都期盼他们早些归来。我同他们来到溜索边，很好奇他们怎样把羊运过河。我望着西溪河上那根铁索，看见河水波涛汹涌，想到了我去年过河的那个“惨象”。当时，村民为了我的安全，专门给我做了一块木板，让我坐在木板上，先用绳子固定好我的身体，再把我挂在滑轮上。我的身上还连着一根绳子，对岸的人就用绳子拉我过河。可能是因为我体重较重，拉到河中间滑轮就不动了，我被卡在河中央，脚下就是滔滔河水。当时岸边的人也在呼喊，后来又增加了一个人拉绳子，好不容易才把我拉到了对岸。

我一个人这样过河都需要三个人帮忙，且沙次干要一个人把这头几十斤重的羊运过河，那是要点本事的。且沙次干先用手顺顺羊的毛，然后把绳子一端绑在羊角上，另一端绕过羊的前颈，围着羊的身体绑在后

全村集体养了 80 多只羊，每天都会看见赶羊的场景

村民在西溪河捕鱼的场景

腿上，形成了一个三角形，紧接着再把绳子绑在自己身上，最后将自己的身体系在滑轮上，倒挂着身体，用两手攀爬溜索前进。为免身上的衣服挂住羊和钩锁，他就赤着身体上阵。几分钟后，他安全地到了对岸，在对岸笑着给我打了一个招呼，然后穿上衣服，赶着羊离开了。

这条溜索就是他们出村赶场的必经之路，几十年来他们就是靠这条溜索带回了村外的许多物品。前几年因为西溪河修水电站，水位提高了，水势也变平稳了，所以河里就开始走船了，这条溜索基本完成了它的使命。如今，公路又修进了村，村民就和这条溜索彻底告别了。

我拍过许多他们过河的照片，有驮着羊的，有背着鸡的，有背着粮的，还有背着小孩的……虽然这些过河的影像已经成为历史，但最近康复村里许多人都来信，想要且沙次干过河的那张照片。我明白，那条溜索仍然留在他们的心里。

四川乡村客运“金通工程”的小黄车

34 搬新房

2020年1月，春节期间，新冠肺炎疫情已开始在全国多个城市出现，新闻里也在不断播报疫情的情况。就在这个时候，阿布洛哈村率先复工了，因为四川路桥盛通公司早已立下了军令状，要在6月底前打通两个百米隧道，并修一座桥，顺利地把客车开进阿布洛哈村，同时还要在村里修建34套安居房。

工人是工程建设的主力。因为新冠肺炎疫情的突发，不少工人都无法赶回工地。在这紧要关头，负责这个项目的冯利威经理，大年初四就乘着摆渡车到阿布洛哈村求援。没想到，在村支书的发动下，阿布洛哈村的40多位村民立即报名参加安居房的建设。因为安居房建设是土建工程，不需要什么技术，只需要劳动力，所以通过一天的培训，正月初七，阿布洛哈村的安居房工程就复工了。那几个月，我时常会收到村民在工地上工作的视频和照片，这让我及时地了解到了安居房建设的进度。村民们知道这是为自己建房，干活都十分卖力。也正是因为参与安居房的建设，他们每天都能有 200 元的收入。

4 月中旬，我回过一次阿布洛哈村，目睹了他们劳动的场面。天刚亮，他们就来到了工地，四川路桥盛通公司已为他们准备好了早饭。我拍过他们吃早饭的场面，不少村民不仅要吃一大碗面，还要喝两碗稀饭。这不仅让我感受到村民的劳动强度之大，也让我感受到四川路桥盛通公司对这批工人的体贴。

有一户村民，夫妻俩都在工地上干活。他们告诉我，他们上个月就领到了 1 万多块钱。说这话的时候，他们充满了自豪感。我想，一家人一个月能收入 1 万多元，在城市里，这也不算一个小数目。如果是 15 年前，整个阿布洛哈村一年的收入都不到 1 万元。如果没修通这条路，那些建房的钢材、水泥和砖瓦等建材根本运不到村里。因此，修路和建房给村里的每个人都带来了直接的收益。

2020 年 6 月 30 日，阿布洛哈村正式通客车了。两个隧道间架起了一座铁桥，进村的公路全部铺上了柏油。34 套新房全部盖好，大部分还是两层的洋房。它们坐落在峡谷边的半山间，面向西溪河。暖阳透过云雾，照射在阿布洛哈村安居房的墙上，房屋与周围环境自然地构成了一幅仙境般的画面。这样的美景，促使我拿起相机，不停地按下快门。那一刻，我突然意识到 15 年前我在这个位置也曾拍下一组照片，那组照片中的房子都是用石头垒起的草房子，而今天，在原址上已建起了一排排洋房。为了把安居房的全景拍得完整，我爬上了一个小山坡，

阿布洛哈村的村民在建安居房，每天能挣 200 块钱

施工人员在加班加点为村民建安居房

我代表吉吉莫尔作抽新房

找了一片玉米地作为前景，拍下了一张满意的照片。

2020 年 7 月 1 日，是我们党 99 岁的生日。那天也是阿布洛哈村村民最高兴的日子。10 点整，村里开始举行搬迁新房的抽签仪式，村民像过年一样，穿上了新的民族服装。我也专程从成都赶来，代表身在大连的孤儿吉吉莫尔作抽签。

我的位置在第一排，序号是第四号。当主持人叫到尔作的名字时，我大步迈向了抽签台。就在我伸手抽签的那一刻，早已等候多时的记者用镜头记录下了我抽签的过程。我抽到了 28 号房，房子有 40 多平

阿布洛哈村新建的安居房

方米。我没有马上把这个好消息告诉尔作，怕影响她上课。我拍了一段视频，晚饭后发给了尔作。她看见新家里的家具、电冰箱还有电视机时，激动得哭了。我告诉她，这些都是政府、社会爱心企业和四川路桥集团给每家每户配备的。我还叮嘱她要努力学习，与同学好好相处，并提出会在适当的时机安排她回村里看看自己的新房。

离开村里的那天早上，我再一次去了尔作的新房，在房前站了很长的时间。尔作分到的新房是建在吉吏么外的老房原址上的。吉吏么外已经离去 8 年了，逝世那年 84 岁。那间石头垒起来的茅草房时常会浮现在我的脑海里，那里有我许多的回忆。这次我特意带来了那间老房子的照片，我拿着那张老照片在尔作的门前留了影，想以这样的方式告诉逝去的麻风病康复者吉吏么外，他们这个村里的第三代已经住上了新房。

35 走出大山的梦

2020 年 4 月，四川路桥集团决定举办一个夏令营活动，目的是帮助他们所帮扶的贫困村中的孩子走出大山，看看外面的世界。公司最后选定了阿布洛哈村林川小学的 6 名学生和南江桥坝小学的 10 名学生参加这次夏令营活动。

8 月 14 日，四川路桥盛通公司派出了一辆面包车去阿布洛哈村接学生。负责这次活动的辅导老师叫徐春艳，是位 90 后。她是第一次来布拖，早晨从成都出发，因途中遇塌方绕道，晚上 12 点才到达目的地。第二天清晨，徐春艳第一次见到那 6 位孩子的时候，十分吃惊。那时已是夏天，有一位年龄较大的女孩叫色作，脚上穿的竟是一双冬天的靴子。那双靴子是去年冬天她过生日时老师送给她的礼物。大半年过去了，她的个子长高了，脚也长长了，大脚趾顶着鞋的前沿，走路时显得有些别扭。显然，鞋子已经不合脚了，但这是她唯一一双能够穿着去成都的鞋。还有一个男生叫木子俄曲，个子很矮，像是在读幼儿园的小朋友。徐春艳老师一问，才知道他已经 9 岁，现在读 3 年级了。徐春艳一边给孩子们贴晕车贴，一边介绍自己。她称自己为春天老师，以便于孩子们记住这个名字。

这次走出大山的学生大部分都是阿布洛哈村建档立卡贫困户的孩子，不少学生都是第一次坐汽车，外面的一切对孩子而言都是前所未有的新鲜。一路上，春天老师不停地给孩子们介绍外面的情况，孩子们与春天老师的话也渐渐地多了起来。晚上 7 点，孩子们到达了成都，入住安排好的酒店。孩子们走进酒店的大堂就迈不开步了，他们从来没有见过这样豪华的大厅和先进的设施。进入自己的客房，一眼就能看见四川路桥盛通公司为每个学生准备的服装、鞋、遮阳帽、书包、水杯、故事书籍和熊猫玩偶，孩子们都高兴地叫了起来。盛通公司志愿者在购买服装和鞋的时候，都在原来报来的尺码上放大了一号，因为他们考虑到孩子们正在长个子，想让这些礼物尽可能用更长的时间。志愿者和春天老师把孩子们带进了卫生间，告诉他们怎样使用这些现代设备。很快，孩子们就掌握了抽水马桶和淋浴的使用方法，脸上也露出了自信的笑容。我相信，他们的父辈一定没见过城市酒店的卫生间。那天，所有的孩子都很兴奋，直到半夜才入睡。

第二天，在四川路桥集团的大礼堂里举行了开营仪式。开营仪式后，孩子们来到四川铁投的书香屋里参观学习，在智能的机器房里了解了科学的奥秘。随后的几天，他们又游览了宽窄巷子、海洋公园、杜甫

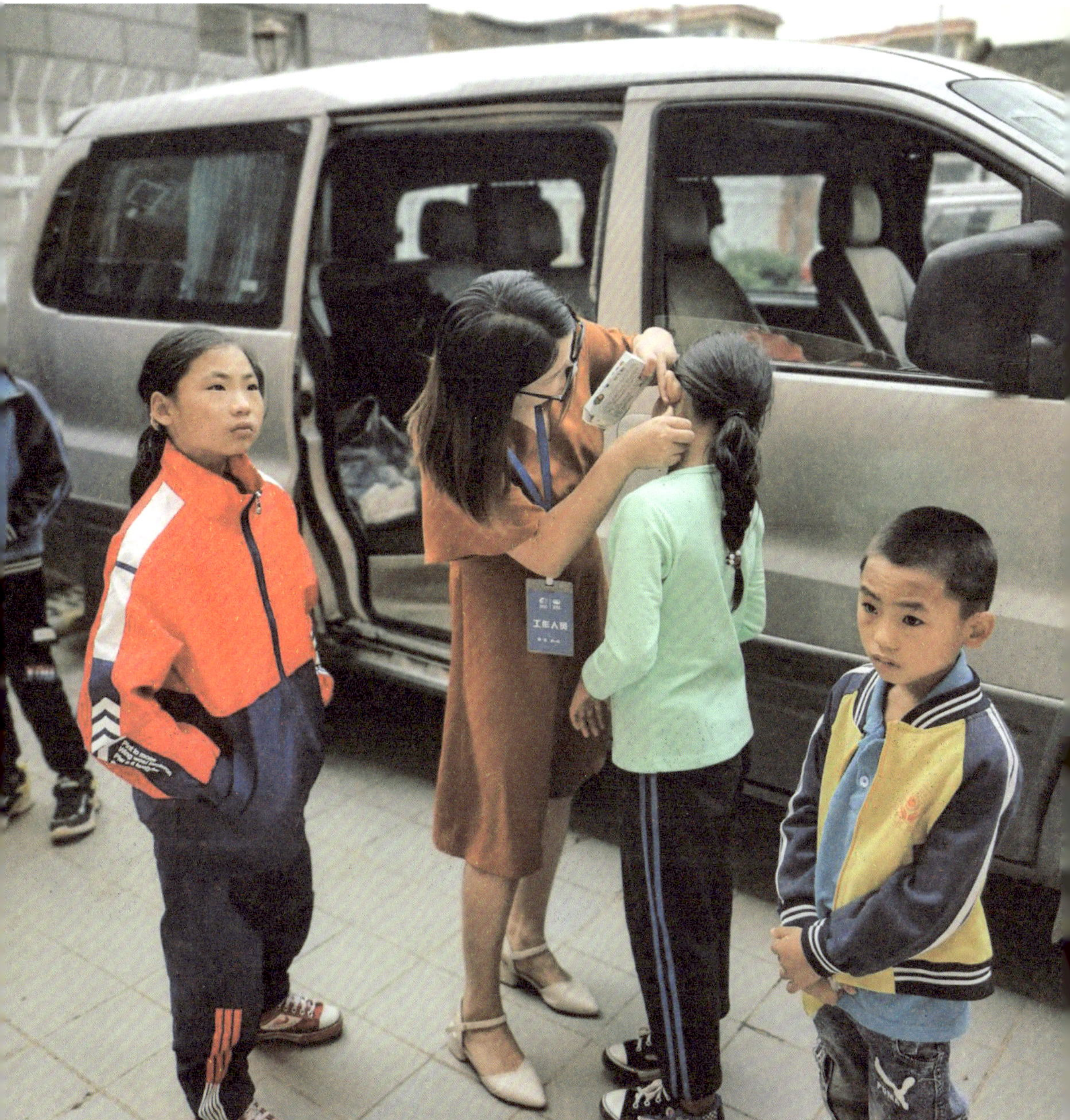

给去成都的孩子们贴晕车贴

“走出大山，相约梦想”

草堂、熊猫基地、成都博物馆、科技馆……这一切，都让山区的孩子们终生难忘，也将对他们未来的人生产生深远影响。

我记得在我读小学 2 年级的时候，我母亲带我去内江观看了一次地区田径运动会，参加那次运动会的运动员大部分都是各县的中学生。我第一次看见了运动员投掷标枪的场景，那种优美的姿态，一直印在我的脑海里。后来我就用竹竿制作标枪，模仿他们投掷标枪的动作，课余时间都在操场上度过。那以后，我就爱上了体育，爱上了竞赛给人带来的快乐。15 年后，我打破了四川省田径“五项全能”和全军“十项全能”记录，其中我在标枪项目上得分很高。后来屡屡回想起，我都认为是那次去内江观看运动会影响了我后来一生的发展。这次四川铁投、四川路桥联合组织的“走出大山，相约梦想”活动，不仅让这些孩子见了世面，也一定会让这些孩子终身受益。

2020 年 9 月 14 日，我再次回到阿布洛哈村，住在林川小学。早上我看到学生们正在洗漱，突然发现他们刷牙的动作都非常规范，上下左右、里里外外都刷到了。我问旁边的老师：“是你教他们的？”老师说：“这是夏令营活动的成果。”

上课前，我找到 3 位去成都参加过夏令营的孩子，想多了解一些他们回来后的情况。他们都不好意思，只是笑。我问他们，关于这次成都的活动，能否给我写一句话。下课时，我收到了他们的字条，字条中，他们都说一定要努力学习。有两位孩子还写到想再见到春天老师。我马上打电话给雷蕾，雷蕾把春天老师的电话告诉了我，我们加了微信，通了视频。看到视频中的春天老师，孩子们既开心又不好意思。我的朋友用手机拍下了那个场面。我看着那张照片，对四川铁投、四川路桥所做的这件事，心里真是有一种说不出的高兴。虽然只有 6 位孩子走出了大山，但这 6 位孩子不但能影响整个学校，还能影响村里的每个家庭。

学生与春天老师视频通话的场景

36

吉保拉伍的生日

前两次回阿布洛哈村时，我都没有见到吉保拉伍，打听后才知道他去了大女儿家。我从来没见过他的大女儿，只知道她很早就嫁到了金阳县的康复村，在那里已经有了第三代。在 20 世纪 80 年代，麻风病患者的子女基本上是健康的人，根本没有传染性，但外面的人不大能接纳他们，于是这批人只能和其他麻风病患者后代结婚。当时，金阳县康复村的条件要比阿布洛哈村好一些，吉保拉伍的女儿能嫁到那里，对他们夫妇来说也算是一丝安慰。

得知吉保拉伍这段时间在他大女儿家，我就盘算着最近去一趟金阳县的康复村，因为吉保拉伍的 90 岁生日就在今年 9 月底。吉保拉伍当过兵，20 世纪 50 年代在凉山彝民团打过土匪，立过功，加入了中国共产党，任过副排长。凉山民主改革后，他被分配到布拖县粮食局

吉保拉伍 2006 年的住房

工作。1959 年在布拖依某区粮站工作时，他不幸患上了麻风病。由于当地人非常害怕这种传染病，最后政府把吉保拉伍送到了阿布洛哈村进行隔离治疗。在这个村被治愈后，他就与曲么里公结了婚，生有两个女儿，从此就再也没有离开这个村。

2010 年，吉保拉伍跟我讲了他的经历并交给我一封长长的诉求信，希望我向布拖县的有关部门反映他的情况。10 年后的一天，我在整理资料时找到了吉保拉伍给我的诉求信复印件，这又勾起了我的思绪。我在办公室给四川路桥盛通公司的冯利威经理讲了他的故事，冯利威经理要求我带他去金阳看吉保拉伍。我知道冯经理在布拖有好几个项目要负责，每天都忙得不可开交，便问他能否挤出时间。他坚定地说："再忙也得去。我这一年修路建房，已经跟阿布洛哈村结下了感情。这位老人90岁了，我们应该让他开心。"

就在我们商量怎样去金阳县的时候，阿布洛哈村传来了消息，说吉保拉伍回村了——可能是他知道我们去金阳要多花两天的时间，也可能是他想回来看看自己分到的新房。出发前，我本想在成都买一个

阿布洛哈村的新房

大蛋糕，但怕 800 多公里的颠簸把蛋糕颠坏了，于是请布拖的朋友在布拖县城订了一个最大最好的蛋糕。

我到达布拖县城时已经是晚上 7 点，天上下着雨。冯利威经理早已在宾馆等候。那天宾馆停电，我们吃完一顿“烛光晚餐”后，约好第二天出发的时间，就回到房间休息。没有电，本应该早睡，但我却没有一点疲倦感，一直在窗口望着天。雨越下越密，我心里担心去阿布洛哈村的山路会发生塌方。

雨下了一夜，一大早我们就冒雨取了蛋糕，然后直奔阿布洛哈村。从拉果乡到阿布洛哈村的路有几十个弯道，昨晚的雨使靠山的一面滚落下许多石头，挡在公路中间。我们冒雨下车搬石头，好让车继续前进。公路上有几处都被泥水填满了，越野车勉强能通行，但如果继续下雨，我担心会被困在阿布洛哈村。走到离阿布洛哈村 10 公里处，我突然接到了村里的电话，说阿布洛哈村进村的隧道入口塌方了，四川路桥正在派推土机赶来现场处理。雨虽然小了一些，但雾很大，原本我们的对岸就是阿布洛哈村，但这时根本看不见，只有白茫茫的一片。我们在隧道前耐心等待。2 个小时后，推土机把塌方的泥土清理干净了，我们提心吊胆地通过了危险地段，进入了阿布洛哈村。下车后，我们直奔吉保拉伍的新房。

吉保拉伍的新房背后有一棵树，这棵树是阿布洛哈村的标志物。过去，它虽然在荒野中显得很孤独，但它的姿态很美。村民经常会在这棵树下休息、交谈甚至开会。这棵树也经常出现在我的镜头中。10 多年前，我拍下了这棵树下的石头茅屋，如今，树下的石头茅屋已经变成了现代的新洋房。吉保拉伍和曲么里公就站在树下的新房前等候着我们。

90 岁的吉保拉伍的身体看起来比我想象中的好，他老远看着我到来，脸上笑开了花。我们讲明了来意，把蛋糕摆放在新房的桌上，给他戴上生日帽。在点蜡烛前，冯经理用双手把 2000 元钱送到吉保拉伍手上表示祝贺，我也转送了朋友的 1000 元礼金。吉保拉伍双手捧着钱不停地点头道谢。随后我们唱起了生日歌，在场的人用手机记录下了那个场景。那天，村里的很多人都吃到了吉保拉伍的生日蛋糕。有几位上了年纪的老人告诉我，蛋糕真好吃，他们还是第一次吃到这样的

90 岁的吉保拉伍的生日

蛋糕。

为吉保拉伍过完生日后，冯经理马上赶回了布拖，我留在了村里。很多村民都邀请我到他们家吃饭，入住他们的新房。离开阿布洛哈村前，我去跟吉保拉伍告别，一大早便看见他在打扫自家门前的路。他说，搬新房了，就要爱干净。我把 15 年前为他拍的一组照片留给了他作为纪念。他看着那些照片，看着自己的新房，不停地说着感谢党，感谢社会，最后还说了一句："林爸爸，你要多保重，我们明年再见吧。"

吉保拉伍说，搬新房了，就要爱干净

37 阿布洛哈四川交通扶贫陈列馆

2020 年国庆节的前一天，《新京报》的袁雅给我打来电话，想请我为阿布洛哈四川交通扶贫陈列馆提供十几年前村里和学校的旧物，并说国庆节后要来成都与我见面。我与袁雅第一次见面是在 2020 年 4 月，当时她刚开始负责陈列馆内物品的收集和展示。我们一起去过阿布洛哈村，一路上我向她介绍了村里的变化，还跟她讲了村里人过去的故事，希望为她设计和布展提供一些思路。我们相互留了电话，加了微信，因此她在北京也能了解到我后几次去村里的一些情况。

在阿布洛哈村建陈列馆是四川省交通运输厅罗佳明厅长提出的。陈列馆由四川路桥集团出资并负责建设，就建在村里，面朝峡谷，共两层，总面积为 666 平方米。

自从 2019 年 12 月 31 日阿布洛哈村通村公路初步建成后，从布拖县城出发只用 1 小时 40 分钟就能到达村里，比起过去要先坐 2 小时的车到乌依乡再走 4 小时的山路方便多了。通路后，每天都有不少人慕名而来。虽然这个村集居点的面积不大，20 多分钟就可以走遍，但这里的风光很美。如果你坐在村民的大晒台上，吃着刚从地里采摘的带露水的蔬菜，看着峡谷里云雾变幻——偶尔还能见到从云雾中透过的霞光，就会觉得自己如同置身仙境一般。

来的人有不少都想了解村里的过去，但村里的人很少对外人谈起他们的往事。也许，他们不擅与人交流；也许，他们想把自己的过去埋藏在心里。

四川省交通运输厅和四川路桥集团在村里建立陈列馆是想告诉人们，20 世纪 30 年代，在许多地区麻风病人曾被“合法”地捕杀、活埋、焚烧……这些令人毛骨悚然的手段被残忍地用在了这些无辜、不幸的患者身上。新中国成立后，党和政府专门建立了被我们称为“康复村”的村落，这种隔离治疗的方法在当时极端匮乏的医疗条件下是唯一行之有效的防治方案。它让今天的我们永远远离了曾经肆虐的麻风病，保障了我们和我们的孩子的健康。

今天的阿布洛哈村在党和政府及社会各界的关心帮助下已有了翻天覆地的变化。近年来，村里不仅通了电和自来水，还通了网络。今年，公路修进了村里，政府为每家每户都盖起了新房，村民的收入比 15 年前多了几十倍。当年的那些孩子，现在都已走出了大山，他们大部分去了北京、广州、上海、成都等城市，成了那里的建设者，在那里收获了自信和喜悦。

坐在村民的阳台上，能看见云雾环绕在峡谷的上方，如同仙境一般

已建成的陈列馆

陈列馆共有三个展厅：第一展厅的主题是“孤村新生”，第二展厅的主题是“致富有路”，第三展厅的主题是“路桥攻坚”。

接到袁雅的电话后，我一边了解阿布洛哈四川交通扶贫陈列馆的工程进度，一边翻找我保存的15年前的资料。2005年，林川小学开校时我为每一位学生拍了照片，照片背后都注明了他们的姓名和年龄。这些照片我一直保存了15年，如今被我找了出来。我还找出了2006年第一届学生第一年的各科成绩单，以及学生给我写的信和画的画。那些信是那样的朴实，那些画是那样的天真，那些名字是那样的熟悉。我看见吉列子日是32名学生中成绩最好的，他的语文为89分，数学

2005 年，林川小学开学时我为每位学生拍的照片，最大的学生为 16 岁，最小的学生为 6 岁

有许多这样的画和信都将在陈列馆里展示

为 81 分，体育为 80 分……后来他考上了大学，如今他回到村里当上了村支书，正带领着全村人民脱贫致富。阿达色贵是这个班上年龄较大的一位学生，虽然他读到 3 年级的时候就结婚了，但他能吃苦又勤劳，如今已有 5 个孩子，最大的一个儿子今年已在交际河中学读初中 2 年级了。名单上还有许多学生，他们都有故事，这些故事都会成为陈列馆的一部分。

为了这个陈列馆，几天时间里我翻箱倒柜，找出了多年来珍藏的许多物品。我找出了我进村时用过的第一盏煤油灯，我找出了学生们第一次上学背的书包，我找出了村里的第一台发电机，我找出了村民用过的劳动工具和生活用品……

我还找出了 2005 年 9 月 3 日开学典礼上升起的第一面五星红旗。我永远记得当时那个场景：16 岁的班长吉觉大地用双手将竹竿做成的旗杆缓缓升起，鲜艳的五星红旗在孩子和村民的注视下迎风飘扬，红旗上，大五角星带领着小五角星，小五角星紧紧围绕着大五角星……

大事记

2018 年 10 月 15 日，确定建设阿布洛哈村通村公路。

2019 年 6 月 25 日，阿布洛哈村通村公路开工。

2019 年 12 月 31 日，阿布洛哈村通村硬化路建成，标志着四川省实现了所有乡镇和建制村通硬化路。

2020 年 4 月 2 日，货运摆渡车投入运行。

2020 年 4 月 27 日，3 号隧道（363 米）顺利贯通。

2020 年 5 月 15 日，2 号隧道（688 米）顺利贯通。

2020 年 5 月 26 日，30 米战备钢桥顺利架设完成。

2020 年 6 月 30 日，阿布洛哈村开通四川乡村客运“金通工程”班车，标志着四川省全面完成交通脱贫“两通”目标；同天，村民搬进新居。